Hermann Kant

Ein bißchen Südsee

Erzählungen

Aufbau Taschenbuch Verlag

ISBN 3-7466-1191-1

1. Auflage 1995
Aufbau Taschenbuch Verlag GmbH, Berlin

Umschlaggestaltung Bert Hülpüsch
Satz LVD GmbH, Berlin
Druck Elsnerdruck GmbH, Berlin
Printed in Germany

Krönungstag

Ich saß auf dem Dach und konnte alles genau sehen: die vier verstaubten Männer in der Buchenlaube, meine Mutter und die Frau mit der Ziege, meine kleine Schwester Alida hinter dem Schattenmorellenspalier, den Festzug mit Blumen und Fahnen in der kleinen sandigen Straße und Judith, die Königin.

Die Königin stand ganz allein auf dem sauber geharkten Weg zwischen dem Steingarten und der Dahlienreihe. Sie wartete auf den König.

Ich hatte nie gewußt, daß Judith hübsch war, aber jetzt sah ich es. Gewiß, sie war so mager, wie nur Mädchen kurz vor der Konfirmation sein können, und ihre Augen waren vom Weinen gerötet, aber dennoch war sie hübsch oder sogar schön. Sicher war einiges davon dem weißen Kleid und den neuen blanken Schuhen und dem Nelkenkranz im Haar zu danken, aber schließlich saß der Kranz auf vollen braunen Locken, und in den zierlichen Schuhen steckten zierliche Füße, und das weiße Leinenkleid wäre nichts gewesen ohne die dünnen, aber golden schimmernden Arme und Beine Judiths. Sie stand schmal und allein auf dem Gartenweg und blickte dem König entgegen.

Die Leute im Festzug waren ruhig geworden und sahen neugierig über die Ligusterhecke in unseren Garten. Mochten sie nur! Da war jetzt alles in Ordnung. Die Blumenkästen unter den Fenstern glänzten in frischem Weiß, der Rhododendronbusch verbarg mit rosig leuchtenden Blüten die rostige Regentonne, auf dem Wege lag kein Stein mehr, niemand konnte meinen Vater und die anderen Männer oder die Frauen mit der Ziege sehen, und keiner sah den empörend strubbeligen Kopf meiner kleinen Schwester Alida hinter dem Kirschenspalier. Es war alles in Ordnung – bis auf den dünnen Faden Heu vielleicht, der in dem Heckenrosenbogen über der Pforte hing und leise im Winde schaukelte.

Aber außer mir sah das niemand. Die Blicke der Leute ruhten auf Judith, die erlöst und erwartend zugleich vor der offenen Haustür stand, und auf dem König, der aus der Kutsche geklettert war und durch den Rosenbogen unseren Garten betrat.

Er war keine fünf Minuten zu früh gekommen.

Der Tag hatte eigentlich wie alle anderen begonnen. Schön, wir Kinder waren aufgeregt – für uns war dieser Tag keineswegs wie jeder andere –, aber für meine Eltern begann er, wie ein Tag eben beginnt, wenn der Mann um sieben zur Arbeit fahren muß und im Stall ein Haufen Viehzeug nach Futter verlangt.

So war es jeden Morgen: Meine Mutter klapperte mit Tassen und Tellern und fragte sich laut, wo sie denn wieder den Malzkaffee gelassen habe, und beschwichtigte den Pfeifkessel mit ihrem allmorgendlichen „Jaja, ich komm ja schon!", und mein Vater erklärte unserer Ziege, die sich wieder einmal nicht melken lassen wollte, sie sei ein „ganz obstinates Beest". Dann pumpte mein Vater mit einer schrecklich quietschenden Pumpe Luft in die brüchigen Schläuche seines alten Fahrrades. Er tat das jeden Morgen, und jeden Morgen pfiff er „La Paloma" dazu. Die rostige Pumpe war musikalischer als er.

Wenn meine Mutter ihm die Tasche mit dem Mittagbrot und einer Blechflasche voll Kaffee an das Fahrrad gehängt hatte, fuhr er zur Arbeit, jedoch nie, ohne sich an der Gartenpforte noch einmal umzudrehen und meiner Mutter „Tschüs, Lowise!“ zuzurufen. Er wußte ganz genau, daß sie sich darüber ärgerte, denn sie hieß ja nicht Lowise, sondern Luise.

Wenn mein Vater fort war, klopfte meine Mutter an die Schlafstubentür und fragte, ob sie es vielleicht noch einmal tun solle. So war es auch an diesem Tag gewesen, mit dem einen Unterschied nur, daß wir diesmal ungeduldig auf die Aufforderung, „endlich und ein bißchen dalli“ aufzustehen, gewartet hatten.

Denn – wie gesagt – für uns war dieser Tag ein besonderer. Heute war „Kinnergreun“, was hochdeutsch „Kindergrün“ heißt und bei uns in Hamburg der Name für das alle Jahre wiederkehrende Schulfest ist.

Kinnergreun war fast so schön wie Weihnachten, es gab Umzüge und einen Ball und Waldmeisterlimonade; Kinnergreun war schöner als Pfingsten, wo es nur neue Socken und keine Limonade gab.

An diesem Tag gingen wir gern in die Schule, wurden doch an Stelle der Kenntnis aller Ereignisse beim Gang nach Canossa und der atemlosen Beherrschung von Schillers „Glocke“ Leistungen in Sackhüpfen, Eierlaufen und Tauziehen verlangt. Die Meister in diesen Sportarten wurden Könige geheißen und als solche reich beschenkt.

Nicht, daß wir an diesem Morgen gehofft hätten, am Mittag als gekrönte Häupter zurückzukehren. Daran war ja nicht zu denken – ausgerechnet wir! Aber der Spaß war uns auch so sicher.

Die beiden Mädchen wollten ihre neuen Kleider schon am Vormittag anziehen – meine Mutter erledigte das mit einer Handbewegung. Immerhin erreichte Alida einen Teilerfolg, als ihr „das Rote“ genehmigt wurde. Das Rote war ein Dirndlkleid und eigentlich auch nur „für gut“, aber Alida kam mit meiner Mutter eben immer am weitesten. Einmal, weil sie die Jüngste war, und zum anderen ihres Namens wegen. Um diesen Namen hatte es heftige Kämpfe zwischen meinen Eltern gegeben. Mein Vater, der bei Judith einmal klein beigegeben hatte, war gegen eine so überkandidelte Bezeichnung wie Alida gewesen – „So heißen Herdbuchkühe oder welche vom Kintopp!“ –, aber gegen meine Mutter, die gesagt hatte, die Namen ihrer Kinder seien der einzige Luxus, den sie sich leisten könne, war er nicht aufgekommen. Nur bei mir hatte er sich durchgesetzt.

In der Schule ging es schon hoch her, als wir ankamen. Die Sackhüpfbahn war mit bunten Fähnchen abgesteckt, in der Mitte des Hofes hatten sie einen Klettermast aufgestellt, und an der Turnhalle standen bunte Buden.

Der Kampf um die Königswürde in meiner Klasse wurde mit Lederbällen ausgetragen, die einer riesigen Pappfigur in den gewaltigen Rachen zu werfen waren. Ich hatte da nicht viel zu bestellen, denn nach dem Urteil meines Vaters war ich um die Hände rum der größte Dösbartel, der in unserer Gegend ansässig war.

Zuerst schien es ja, als würde ich ihn wenigstens einmal widerlegen, denn im ersten Durchgang landeten alle fünf Bälle im Rachen der Pappfigur, die übrigens auffällige Ähnlichkeit mit dem Biologielehrer Heinius hatte. Aber im Stichkampf ging ich schmählich unter, da ich immer nur den rechten Eckzahn von „Heini“ traf.

Sieger und somit Klassenkönig wurde Pieke Holmers. Pieke hieß eigentlich Reginald – ein Name, der es meiner Mutter angetan hatte –, Pieke war der Gipfel an Häßlichkeit, Faulheit und Dummheit nicht nur in unserer Klasse, sondern in der ganzen Schule. Kein Wunder, daß sein Sieg nur geteilte Freude bei unserem Klassenlehrer auslöste: König Pieke, o mein Gott!

Alida war beim Sackhüpfen – diese Sportart war stets der untersten Klasse vorbehalten – von vornherein geschlagen, denn sie hatte so herrlich gebogene Beine, daß sie sich auch ohne die künstliche Hemmung eines Zukkersackes ständig auf die eigenen Zehen trat. Ihr machte das nichts aus, sie war von einer wunderbaren Wurstigkeit und vollauf zufrieden, da sie das Rote anhaben durfte.

In der achten Klasse spielten die Mädchen Taubenstechen. Eine Holztaube mit einem Nagel an Stelle des Schnabels schwebte an einer langen Schnur gegen eine Zielscheibe und bohrte sich dort fest. Klar, wer mit drei Würfen die höchste Ringzahl erreichte, war Königin.

Ich kümmerte mich nicht um diesen Wettbewerb, denn daß Judith da keine Aussichten hatte, stand für mich fest: die Mädchen aus der Achten, zwei Klassen über mir, waren ja fast schon erwachsen, aber Judith war nur meine Schwester.

Ich sah gerade den ältesten Jungen beim Armbrustschießen zu, als Werner Gideon zu mir kam und sagte, meine Schwester sei Königin.

Zuerst begriff ich das gar nicht, aber dann rannte ich nach Hause. Meine Mutter war dabei, den Fußboden im Windfang zu schrubbern, als ich ihr mitteilte, sie sei Königinmutter geworden.

„Ist ja fein“, sagte sie und schrubberte weiter. Dann stellte sie jedoch plötzlich den Besen beiseite: „Moment mal, wieso, wer, Judith? – Dann gibt das doch einen

Festzug hier, wie? Ach du meine Güte! All die vielen Leute, und wie das hier aussieht!"

Meine Mutter konnte fix arbeiten, aber so hatte ich sie noch nie gesehen. Sie langte sich wieder den Besen und scheuerte den Boden fertig, zwischendurch rief sie, ich solle nicht so dämlich rumstehen und die Steine vom Weg sammeln und die Straße fegen und Stärke für Judiths Kleid vom Krämer holen und die Ziege von der Wiese und Tante Ella Bescheid sagen und die Pumpe noch mal angießen, denn sie brauche noch Wasser, und ob ich denn nicht sehen könne, daß da frisch gescheuert sei, und wo denn die verflixten anderen beiden Gören blieben.

Meine Mutter hatte für Königinnen viel übrig; schließlich hieß sie ja Luise, und die berühmte Preußin mußte nach ihren Worten wirklich eine großartige Person gewesen sein, hatte sie doch all ihr Geschmeide (welch herrliches Wort, Geschmeide!) für den Kampf gegen Napoljon gestiftet und jeden Abend vor dem Schlafengehen das Gedicht „Wer nie sein Brot mit Tränen aß . . ." aufgesagt. Mich verwirrte dieser Bericht immer, denn daß man Margarine mit Zucker aufs Brot tat oder am Freitag Leberwurst, leuchtete mir ein, wieso aber Tränen, das war nicht ganz klar. Aber schließlich war die Luise ja Königin . . .

Und nun hatten wir eine Königin in der Familie.

Wenn die gedacht haben sollte, sie würde zu Hause mit Böllern und Fanfaren empfangen, so hatte sie sich geirrt. Meine Mutter hatte sich über die Fensterscheiben hergemacht, und ich sammelte die Steine aus dem kleinen Straßengraben vor unserem Garten, als sie ankam.

Mit ihr kam ein ganzer Schwarm von Mädchen, die wunder was erwartet haben mochten und nun enttäuscht waren, weil sich unser kleines Pappdachhäuschen noch nicht in ein Schloß verwandelt hatte. Sie gackerten und kicherten so lange auf der Straße herum, bis ich mit Steinen nach ihnen warf. Ich sagte ihnen nur, sie sollten man zusehen, daß sie Land gewönnen, aber das – und vielleicht auch die Steine – war schon zuviel, jedenfalls rief die eine: „Strootenfeger, Rönnsteenneger!“, und das war nun ganz gewiß eine tödliche Beleidigung.

Es stimmte schon, mein Vater war Straßenfeger, und wenn er abends nach Hause kam, war er voll Rinnsteinstaub, aber das war noch lange kein Grund, solche Worte in der Gegend herumzuschreien.

Judith heulte gleich los.

Sie hatte sich wohl schon so in ihre Königinnenrolle hineingelebt, daß ihr dieses Wort wie eine Entthronung ankommen mußte.

„Dumme Liese“, sagte meine Mutter, „hast du vielleicht gedacht, die freuen sich, daß ausgerechnet du Königin wirst? Das mach dir man ab!“

Und dann sagte sie, Judith solle ihr beim Fensterputzen helfen, damit die Leute auch schön durch die Scheiben in unseren fürstlichen Palast und auf unsere goldenen Teller sehen könnten.

Vielleicht hätte sie das nicht sagen sollen, denn jetzt sah Judith sich erst einmal richtig bei uns um, und da ging das Geheule wieder los.

Der Garten war ja schön, den hatte mein Vater gut in Schuß, aber sonst . . . Die Gartenpforte war ebenso rostig wie die Regentonne in der Hausecke, die Schornsteinhaube war nach einer Seite heruntergerutscht, und die Blumenkästen wußten gar nicht mehr, was Farbe ist.

Meine Mutter sagte, da müsse mein Vater eben ran,

wenn er nach Hause komme, das schaffe er schon noch. Dann überlegte sie einen Augenblick lang, schlug die Hände vor dem Gesicht zusammen und rief, daß uns das gerade noch gefehlt habe.

Eine halbe Stunde später wußte ich, was sie damit gemeint hatte, denn da kam ein Pferdewagen mit einer riesigen Ladung Heu die Straße heruntergedonnert, und obendrauf saß mein Vater.

Er fegte damals gerade die Elbchaussee und hatte sich dort mit einigen Hausmeistern angefreundet und die Erlaubnis erhalten, manchen herrschaftlichen Rasen mähen und Heu machen zu dürfen. Und ausgerechnet heute hatte es Alfred Goldenmarkt, dem einzigen Besitzer eines Pferdefuhrwerks in unserer Gegend, so mit der Zeit gepaßt, daß er meines Vaters Ernte einbringen konnte.

Alfred, der einen kleinen Tierhandel betrieb, machte die Fuhre gewissermaßen als Entgelt für die kleinen Züchter- und Händlertips, die mein Vater ihm gab. Ja, mein Vater wußte nicht nur sehr viel von Blumen und Obstbäumen, sondern auch eine ganze Menge von Tieren, und aufs Feilschen verstand er sich nur einmal.

Es war nichts daran zu ändern: Das Heu mußte herunter vom Wagen und wenigstens hinters Haus geschafft werden; Alfred brauchte sein Gefährt, um eine Ladung Frettchen zum Bahnhof zu bringen, und vor der Tür konnte das Fuder nicht liegenbleiben, erstens, weil es die ganze Straße blockierte, und zweitens sah es ja auch nicht gut aus.

„Die giften sich sowieso schon, daß sie mit Pauken und Trompeten und Ponykutsche hier in die Fischkistensiedlung kommen müssen“, sagte meine Mutter, und man brauche die Leute ja nicht unbedingt in ihrer

Ansicht zu bestärken, daß hier unten Sodom und Gomorrha sei.

Unsere Schule lag nämlich auf der Grenze zwischen zwei Vororteilen; der eine war beinahe herrschaftlich, und der andere war eben unsere Fischkistensiedlung, und die Bewohner beider Teile waren einander nicht grün.

In all den vielen Jahren, in denen wir Kinnergreun gefeiert hatten, war der Festzug nie bei uns unten gewesen, es hatte immer so geklappt, daß das Schulkönigspaar oben ansässig war.

Angesichts des gewaltigen Heuhaufens vor der Tür wurde mir allmählich klar, daß es mit dem Gerede, man solle die Feste feiern, wie sie fielen, auch wieder so eine Sache war: Nun feiere du mal, wenn du gar nicht darauf eingerichtet bist und vor deinem Haus liegt Heu, so hoch wie ein Berg, der Nanga Parbat.

Wenn die Königin, um die es ja schließlich ging, wenigstens mitgeholfen hätte, den Wintervorrat für Ziege und Kaninchen hinters Haus zu tragen! Aber nein, die kroch flennend mit ihrem Leinenkleid unter dem Arm durch die Hecke und rannte zu Tante Ella, damit die ihr die Robe richte, denn dazu hatte meine Mutter jetzt natürlich gar keine Zeit, und das sehe sie ja wohl selbst.

Es zeigte sich bald, daß mein Vater und ich das Fuder Heu niemals rechtzeitig wegschaffen konnten; ohne Hilfe ging das nicht.

So wurde ich geschickt, Max zu holen. Max wohnte ein paar Schritte weiter in einer richtigen Hütte. Er war Rohköstler und Temperenzler und Platzwart bei einem Nacktkulturverein. Ich habe nie herausbringen können, ob es stimmte, daß er die Sonne anbetete; fest stand nur, daß er eine heillose Angst vor Gewittern hatte. Jedesmal, wenn es sich über unserem Landstrich so richtig auswetterte, und das geschah meistens in der Nacht, tauchte er plötzlich vor unserem Fenster auf und jagte meiner ohnedies genug geängstigten Mutter einen gewaltigen Schreck ein. War er dann erst einmal bei uns im Haus, so hielt er zähneklappernd lange Reden über die Ungefährlichkeit solcher Naturereignisse und über die Vorzüge der Nacktkultur.

Max mußte ran an das Heu. „Hier hast du Natur in Massen", sagte mein Vater. Nun war es aber mit der Arbeitsauffassung von Max ein eigen Ding. Meine Mutter behauptete, die schwerste Arbeit, die er verrichte, sei das Pflücken des Huflattichs zum zweiten Frühstück.

Doch mein Vater wußte ihn zu nehmen, und wenn Max auch nicht gerade unter den Lasten, die er sich aufbürdete, zusammenbrach, so trabte er doch munter hin und her und blieb nur stehen, wenn er in dem Heu die Mumie eines seltenen oder eßbaren Krautes gefunden hatte.

Max war es, der empfahl, Schadder hinzuzuziehen. Meine Mutter war von diesem Vorschlag gar nicht sehr erbaut, denn Schadder war ihr unheimlich. Sie sagte, er führe ein Doppelleben.

Gewiß, etwas merkwürdig war er schon. In der Nacht wirkte er als Klarinettist in der Original-Bayernkapelle des „Zillertal" auf der Reeperbahn, und das, obwohl er Hamburg noch nie von der Südseite her gesehen hatte. Bei Tage züchtete er Bisamratten. Mit Schadder konnte man nur über Bisamratten oder über das absolute Gehör, das zu besitzen er vorgab, sprechen. Meine Mutter brachte das auf die Formel: „Er spinnt."

Aber solche Vorurteile konnten jetzt, da die Ehre des Hauses und der ganzen Siedlung auf dem Spiele stand, nicht gelten, und ich wurde geschickt, Schadder von seinen Ratten fort und zu unserem Heu zu holen.

Es wurde auch schon höchste Zeit, denn die ersten Leute waren bereits auf dem Wege zur Schule, wo sich der Festzug sammeln sollte, und wenn sie an unserem Heuhaufen vorbeikamen, machten sie sorgenvolle Gesichter oder dumme Witze.

Adje Hüller kam da gerade richtig. Das gehörte so zu ihm, er kam immer gerade richtig. Wenn man Hilfe brauchte, war Adje da. Man durfte ihn nur nicht bitten. Dann war bei ihm gar nichts zu machen. Adje war immer schrecklich wütend, wenn er jemandem half. Er fühlte sich dann überlistet.

Früher hatte er im Hafen gearbeitet, aber seitdem ihm eine zurückfahrende Winsch die Schulter zerschlagen hatte, war es damit aus, und er konnte noch froh sein, daß er den Posten beim Lesezirkel gefunden hatte. Die Frauen, denen er die Mappe mit der „Gartenlaube“ und der „Hamburger Illustrierten“ ins Haus trug, hatten bald heraus, wie man Adje in Gang brachte. Sie schimpften auf ihre Männer, die nicht einmal einen Nagel in die Wand schlagen könnten, oder sie sagten, ja, leider hätten sie gar keine Zeit mehr, sich mit Adje zu unterhalten, denn so eine Wäscheleine mache sich ja nicht von alleine an – und schon fragte Adje nach dem Hammer oder ließ sich die Leine geben. Dabei schimpfte er dann ordentlich und gebrauchte wiederholt das Wort „Schietkroom“.

Unverständliches leistete er sich, als die Krämerbude von Hulda Ewers abbrannte: Adje kam als erster zu Hilfe. Er sprang in die brennende Bretterhütte, und als er wenig später angesengt und hustend wieder auftauchte, trug er das schmierige Anschreibebuch Huldas unter dem Arm. Der Witz war nur, daß Adje wohl mit dem dicksten Posten drinnen stand. Adje brachte der Krämerin das Buch und sagte: „Hier, ick bün verrückt!" und: „Schietkroom!"

Adje sagte auch jetzt bei jedem Bündel Heu, das er reinschaffte, „Schietkroom", aber das nahmen wir gerne in Kauf.

Jetzt lief der Transport reibungslos, und wir konnten uns schon ausrechnen, daß wir noch rechtzeitig fertig würden. Da kam Alida nach Hause. Wir hatten sie ganz und gar vergessen, aber jetzt war sie da und weder zu übersehen noch zu überhören; sie schrie, als sei sie vom Affen gebissen. Sie war es auch.

Sie hatte sich nach dem vorausgesehenen Ausgang des Sackhüpfens ruhig auf den Heimweg gemacht und war dabei an Zirkus Bellini vorbeigekommen. Zirkus Bellini gastierte in jedem Jahr einmal oben am Ellernbrook und überraschte vor allem immer wieder durch die Wandlungsfähigkeit seines Besitzers, der einmal als Irokesenhäuptling Minge-tanke (Der weiße Büffel), ein anderes Mal als Feuerfresser aus der hinteren Türkei und im Jahr darauf als Schlangenmensch von Celebes unseren Beifall und unser Geld einheimste. Der Tierpark des Zirkus Bellini bestand aus zwei müden Schekken, einer Horde Hunde und einem alten Affen.

Diesen Affen nun hatte Alida, die so tierlieb wie mein Vater war, aufgesucht.

Mochte er nun keinen oder zuviel Gefallen an dem Roten gefunden haben, jedenfalls hatte er kräftig zugelangt und die Abdrücke seiner Zähne kurz unterhalb der Impfpocken auf Alidas rechtem Oberarm hinterlassen.

Da stand die Unglückselige nun mit zerrissenem Kleid und schrie ihren Schmerz in die Welt hinaus.

Die Störung war enorm. Der Heutransport wurde sofort abgebrochen, und es gab eine medizinische Beratung. Max empfahl gekauten Salbei, und Schadder wußte, Affenbisse seien noch gefährlicher als die von Bisamratten; Adje Hüller sagte, wenn ein Blutspender gebraucht werde, so könne man auf ihn rechnen, und mein Vater pumpte Luft in die Schläuche seines Fahrrades, denn er wollte mit Alida zum Arzt fahren.

Aber meine Mutter sagte, dann wäre es aus mit der Krönungsfeier und Tante Ella müsse mit Alida gehen. Sie schaffte es auch wirklich, daß sich die Heuträger wieder an die Arbeit und die Rettung der Lokalehre machten.

Sie ging sogar so weit, Max aus der Kolonne herauszunehmen und mit Pinsel, weißer Farbe und dem Auftrag zu versehen, er solle die Gartenpforte und die Blumenkästen unter den Fenstern anstreichen.

Von der Feuerwache her heulte die Sirene; es war drei Uhr – die Zeit, da sich oben an der Schule der Festzug in Bewegung setzen sollte. Alle arbeiteten noch schneller, und wenn nun nicht noch etwas passierte, mußte es klappen. Aber es passierte noch etwas.

Daran war Oskar schuld oder vielmehr die Ziege von Fräulein Senkenblei. Niemand hatte Fräulein Senkenblei und ihre Ziege gesehen, bis sie plötzlich vor unserer Gartenpforte standen. Die Ziege machte sich sofort über das Heu her, und Fräulein Senkenblei eröffnete meinem Vater, daß das gute Tierchen zu Oskar müsse.

Oskar war nämlich der staatlich gekörte Ziegenbock, der vom Kleingärtnerverein bei uns eingestellt war und hier zur Herbstzeit eine fruchtbare Tätigkeit ausübte. Zur Herbstzeit ja, aber jetzt war Juni.

Das sei ihr völlig gleichgültig, sagte Fräulein Senkenblei, es stehe nirgendwo geschrieben, daß eine Ziege nicht auch einmal im Juni Liebe fühlen dürfe, und es sei an sich schon Schande genug, daß wir aus dem Spiel der natürlichen Kräfte auch noch Geld zögen, und schließlich sei sie im Vorstand des Kleingärtnervereins, und wenn wir nicht unserer Pflicht nachkämen, so werde sie Sorge tragen, daß man Oskar woanders unterbringe.

Das wäre nun freilich ein harter Schlag gewesen, denn Oskar war für uns wirklich eine wichtige Finanzquelle, und so manches Mal hatten wir, wenn wieder einmal Ebbe in der Kasse gewesen war, hoffnungsvoll die Straße hinuntergesehen und nach einer Ziege Ausschau gehalten, die Oskar Vergnügen bereiten und uns vier Mark einbringen sollte. Aber, wie gesagt, das war eben immer im Herbst, und jetzt war Juni und außerdem Krönungstag.

Doch gegen Fräulein Senkenblei war nicht aufzukommen; wir hatten das schon einmal erfahren, damals, als sie uns das „Blättchen" aufgeschwatzt hatte. Das „Blättchen" war das evangelische Sonntagsblatt, für dessen Vertrieb in unserem Bezirk Fräulein Senkenblei verantwortlich und alles zu tun bereit war. Sie kam alle vierzehn Tage damit und kassierte stets einen Groschen und eine Tasse richtigen Kaffee dafür – so süß und verbindlich sie auch bei diesem Geschäft sein mochte, heute stand sie hier als die Sachwalterin einer Ziege und deren für die Jahreszeit so ungewöhnliches Anliegen und ließ sich auch mit dem Hinweis auf den Ernst und die Dringlichkeit der Stunde nicht abweisen.

Mitten hinein in die Debatte über Naturgesetze und die Satzungen des Kleingärtnervereins tönten die Klänge des Hohenfriedbergers. Der Festzug kam heran.

Meine Mutter zerrte Fräulein Senkenblei und ihre

Ziege hinter das Haus und rief nach der Königin, denn ihr Hofstaat nahe. Max pinselte wie rasend den letzten Blumenkasten an, und ich sah, daß er immer nur die Vorderseiten der Kästen geweißt hatte, Adje Hüller raffte das restliche Heu vom Boden und sagte mehrmals „Schietkroom", Schadder klemmte einen Zweig des blühenden Rhododendrons so unter einen Stein, daß er die Regentonne verbarg, mein Vater zeigte, daß er sich auf seinen Beruf verstand, und harkte und fegte in Rekordzeit die Straße und den Weg sauber, ich kletterte auf das Dach und rückte die Schornsteinhaube gerade und sah mit halbem Blick, wie Alida vom Garten Tante Ellas her durch die Hecke brach und sich mit ihrem zerwuschelten Haar und einem weißen Verband um den Oberarm hinter den Schattenmorellen verkroch. Mein Vater rief den anderen Männern zu, sie sollten sich schleunigst in die Laube begeben, denn er verstehe gar nicht, wie man bloß so dreckig herumlaufen könne, und er sagte noch, er fordere es im Namen der Krone. Von der Hofseite her hörte ich die Stimme meiner Mutter, die Fräulein Senkenblei und ihre Ziege beschwor, sie möchten sich noch einen Augenblick gedulden.

Dann wogten Fahnen und Kränze und bunte Kleider auf der kleinen sandigen Straße, und eine gelbe Kutsche hielt vor unserer Haustür.

Die Leute im Festzug waren ruhig geworden und sahen neugierig über die Ligusterhecke in unseren Garten.

Mochten sie nur! Da war jetzt alles in Ordnung. Die Blumenkästen glänzten in frischem Weiß, der Rhododendronbusch verbarg mit rosig leuchtenden Blüten die rostige Regentonne, auf dem Wege lag kein Stein mehr, niemand konnte meinen Vater und die anderen Männer oder die Frauen mit der Ziege sehen, und keiner sah den empörend strubbeligen Kopf meiner kleinen Schwester Alida hinter dem Kirschenspalier. Es war alles in Ordnung – bis auf den dünnen Faden Heu vielleicht, der in dem Heckenrosenbogen über der Pforte hing und leise im Winde schaukelte.

Aber außer mir sah das niemand. Die Blicke der Leute ruhten auf der Königin Judith, die erlöst und erwartend zugleich im weißen Kleide vor der offenen Haustür stand.

Die Königin war wunderschön, und sie war ganz allein.

Ein bißchen Südsee

Sonntags schlafen die meisten Leute länger als in der Woche – bei uns war es umgekehrt. In der Woche stand meine Mutter eher auf als mein Vater – sonntags war es umgekehrt. Wenn der Wecker um fünf in der Frühe losschepperte, drehte sich meine Mutter betont auf die andere Seite; mein Vater aber kroch hustend aus den Federn und fütterte die Tiere. Dabei redete er in einem fort, und da er in seinen Ausdrücken feine Unterschiede machte, konnte man durch das offene Fenster sehr gut hören, ob er gerade bei den Ziegen, beim Schwein, bei den Hühnern oder Kaninchen war.

In der Woche pfiff mein Vater in den Redepausen; am Sonntag aber sang er. Das war noch schlimmer. Nach oben hin geriet ihm alles zu einem dünnen Krähen, nach unten zu aber endete der Gesang immer mit einem bitterscharfen Hustenanfall. „Er raucht zuviel", murmelte meine Mutter dann in ihr Kissen.

Hatte er das Vieh versorgt, kam mein Vater in die Küche und schnitt sich ein paar Brote zurecht. Seitdem er in einem Seefahrerroman die großartigen Worte eines schiffbrüchigen Kapitäns „Frauen und Kinder zuerst!" gelesen hatte, rief er an jedem Sonntagmorgen beim Brotschneiden „Ziegen und Hühner zuerst!" durch die Schlafzimmertür. „... und dann die Esel", sagte meine Mutter, im Halbschlaf, aber prompt.

Sonntags morgens war meine Mutter meinem Vater nicht sehr gewogen, und das kam so:

Mein Vater fuhr jeden Sonntag zum Fischmarkt in Altona. Er wollte nicht etwa Fische kaufen, nein, er fuhr „nur so". Da er mich manchmal mitgenommen hatte, wußte ich sehr gut, was ihn dorthin trieb: der Fischmarkt war die weite Welt.

Oben auf den Terrassen standen die Buden mit gebrannten Mandeln, Kokosnüssen, Edamer Käse, Süßholz und Lakritze, weiter unten grölten sich die Bananenhöker heiser und ruinierten sich – wollte man ihnen glauben – durch selbstmörderische Schleuderpreise. Zur Rechten, in der Kneipe von Eier-Cohrs, trafen sich die ersten Säufer des Sonntags mit den letzten vom Sonnabend und sangen in hundert Sprachen Seemannslieder, und zur Linken konnte man siamesische Katzen und Meerschweinchen aus Neuguinea und Rhesusäffchen und Kakadus und Alpenländer Sahnenziegen und auch Karnickel aus Hamburg-Lurup kaufen. In der Mitte hatten die Bauern aus Vierlanden und Geesthacht ihre Stände aufgebaut und feilschten mit den Hausfrauen aus St. Georg und Fuhlsbüttel, und ganz unten an der Elbe, von der mit den Morgennebeln das Heulen der ein- und auslaufenden Schiffe heraufwehte, luden die Fischer ihre Schollen und Stinte und Dorsche auf die sich wiegenden Pontons.

Hier unten, im äußersten linken Winkel, standen die Aquarien, und jeder Fischmarktbummel meines Vaters endete hier.

Auch das verstand ich gut, denn so prächtig auch das lärmende Durcheinander auf dem Markt sein mochte, vor den gläsernen Wänden der Aquarien war es schnell vergessen. Schon die Namen all der gefleckten, gescheckten, getupften, gesprenkelten, gestreiften, gezackten oder ganz und gar nicht mehr zu beschreibenden

Fische schienen von Jack London und Joseph Conrad erfunden.

Mein Vater kannte sie alle, und er wußte genau, in welchem Wasserwinkel der Erde die bunten Schwimmer zu Hause waren.

Es war nur gut, daß der Markt um zehn geschlossen wurde, sonst wäre er nie wieder pünktlich an Land gekommen.

Meine Mutter war ohnedies grantig genug, wenn sie ihn sonntags morgens in der Küche wirtschaften hörte; richtig wütend wurde sie aber erst, wenn sie merkte, daß wieder ein „Handelssonntag“ fällig war.

Mit den „Handelssonntagen“ hatte es dies auf sich: Die Ziegen, Hühner, Kaninchen und das Schwein, die waren Nutzvieh, sagte mein Vater, und meine Mutter hatte auch gar nichts gegen diese Art Nutzvieh, das die Suppe dicken half, aber, so sagte mein Vater, der ganze Kram mache ihm überhaupt kein Vergnügen, wenn er nicht „'n büschen was Extras“ haben könne.

Was er „'n büschen was Extras“ nannte, hieß meine Mutter kurz und hart „Luxus“. Sie war auch für Hühner, aber nicht für solche, die Zaunkönigeier legten und in der Pfanne wie Eintagskücken aussahen und nur deshalb auf den Hof mußten, weil sie Rasse hatten.

Sie wäre auch die letzte gewesen, die etwas gegen Kaninchen gesagt hätte, aber was nun immer die spillrigen Dinger sollten, die bloß aus Augen zu bestehen schienen, das wollte ihr nicht eingehen. Und nun die Tauben erst, ach, du liebe Güte, konnten nichts weiter als das Dach bekleckern und wie närrisch im Kreis rumfliegen, waren aber echt . . .! „Sind wir denn Rockefeller?“ fragte sie, und mein Vater sagte, nein, denn dann würde er sich ja wohl nicht bloß zehn Tauben halten . . .

Allzulange hielt allerdings auch mein Vater es nicht mit seinen echten Rassetieren aus; nach drei, vier Monaten hatte er sich immer satt an ihnen gesehen, und dann mußte was Neues her.

Es fing immer damit an, daß er meiner Mutter zuzustimmen begann, wenn sie an den Luxusgeschöpfen herummäkelte, und eines Tages sagte er dann, daß er daran denke, sie bei nächster Gelegenheit auf den Fischmarkt zu bringen. Und dann eben kam ein „Handelssonntag", ein wahrer Krisentag.

Denn – das hatte sich langsam herausgestellt – eigentlich fuhr mein Vater gar nicht auf den Fischmarkt, um die Tottenhamer Edelzwerghühner oder die mittelgroßen Breitohr-Silberdamaszener-Kaninchen zu verkaufen, das heißt, er verkaufte sie schon, aber nur, um sich mit ein bißchen Geld in der Tasche von neuem nach „'n büschen was Extras" umsehen zu können.

War er dann unterwegs, bangte meine Mutter dem Augenblick entgegen, da er zurückkehren, in den Rucksack greifen und ihr triumphierend ein neues, nun aber ganz und gar echtes Rassevieh präsentieren würde. Er hatte aber auch wirklich den Bogen heraus, immer die unpraktischsten Kreaturen aufzutreiben, und es war schon zu begreifen, daß meine Mutter stöhnend die Hände rang, wenn sie die manchmal gar zu mickrigen blaublütigen Geschöpfe erblickte.

Wenn es noch bei verrückten Tauben oder Kaninchen geblieben wäre, das wäre noch gegangen, aber es wurde immer ausgefallener. Einmal ließ mein Vater eine riesige Perserkatze – der Verkäufer hatte jedenfalls gesagt, es sei eine Perserkatze – aus dem Sack, die ganz offensichtlich Angst vor Mäusen hatte; dann wieder holte er einen guatemaltekischen Sittich aus einer Tüte, der zwar nicht sprechen konnte, dafür aber äußerst geschickt die Hirsehülsen durch das Gitter in die Stube zu feuern vermochte; und schließlich schleppte er eine griechische Schildkröte mit Stammbaum an, die er an eine lange Schnur band und im Garten spazieren ließ, wo sie sich immer so lange unter einem Salatblatt verbarg, bis meine Mutter kam, es zu pflücken.

Meine Mutter sagte, an dem Tage, da mein Vater einen Pavian aus seinem Rucksack wickeln werde, an dem Tage werde sie das Haus anstecken und mit den Kindern zu ihrer Mutter nach Finkenwerder ziehen. Mein Vater brachte keinen Pavian nach Hause, aber was ihm an seinem vorletzten Handelssonntag einfiel, war auch nicht schlecht. Meine Mutter stand mit verschränkten Armen dabei, als er seinen Rucksack mit vorsichtigen Bewegungen auf den Küchentisch lavierte. Er hatte einen großen Glaskasten darin und die Taschen voller Marmeladengläser. Er stellte die Gläser auf den Tisch und sagte in einem Ton, als handle es sich um Goldklumpen, zu jedem Glas ein wohlklingendes Wort. „Scalares“, sagte er und „Malabarbärblinge“ und „Neonfische“ und schließlich auch „Gubbis“.

Da waren sie, all die herrlichen Zwergfische aus dem Aquarium vom Sonntagsmarkt, und meine Mutter fragte, ob wir denn da noch Töne hätten. Sie schüttelte immerfort den Kopf, und schließlich sagte sie, wenn sie all diese geradezu unanständig gefärbten und geformten Fische sähe, schäme sie sich, jemals einer ehrlichen Scholle etwas zuleide getan zu haben.

Aber meinen Vater konnte sie damit nicht treffen; der hatte jetzt ganz was Extras und begann das Aquarium herzurichten. Wasser mußte angewärmt werden – „Die armen Beester werden sich noch verküllen“, sagte er –, feiner Sand mußte herbei und gewaschen werden – meine Mutter stöhnte: „Sand waschen!?“ Er solle mal lieber zusehen, daß die Gören sich den Hals ordentlich scheuerten ...

Doch mein Vater hielt nicht inne, bis die Zauberfische ins Aquarium plumpsten.

Und als wir dann endlich doch beim Mittag saßen, sah ich recht gut, daß auch meine Mutter durchaus interessierte Blicke auf die bunten Flitzefischchen warf. Als der große Segelflosser wieder einmal an der Glaswand entlangstrich, goß sie meinem Vater den Puddingsaft auf die Hand. Mein Vater sah seine Chance.

„Ja“, sagte er, „das kann einen natürlich durcheinanderbringen, ist ja auch was Schönes, all die edlen Tiere, nicht?“

Dann wischte er den Himbeersaft in sein Sonntagstaschentuch und erklärte, so ein Aquarium sei gewissermaßen ein bißchen Südsee in unserem rauhen Norden und niemand brauche sich zu genieren, wenn ihn das verwirre. Und dann reichte er meiner Mutter noch einmal den Puddingteller, und sie goß ihm ganz vorsichtig Saft darauf.

Natürlich gingen wir an diesem Tag nicht mehr vom Aquarium fort, und am Abend hatten alle Fische einen passenden Namen bekommen; der schillernde Segelflosser zum Beispiel hieß nun Alfons, wie der schnöselige Drogistenlehrling, der, wenn er einen neuen Schlips hatte, immer so langsam an unserer Hecke entlangstrich, damit meine Schwester ihn sehen konnte, und der Maulbrüter hieß Hulda, wie die dicke Krämerin.

Als wir dann endlich im Bett lagen, sagte mein Vater noch, auf die Augen der Nachbarn freue er sich heute schon, na, wenn die das erst mal spitz hätten ... Denn das gehörte nun einmal zu seiner Suche nach ’n büschen was Extras: daß die Nachbarn herbeipilgerten und seine Raritäten bewunderten. Dann konnte er stundenlang mit ihnen auf alten Kisten sitzen, Zigaretten drehen und das tun, was meine Mutter „de Heuner in den Hinnersten kieken“ nannte, und man konnte ihn triumphierend sagen hören:

„Jawohl, Adje, so ’nen reinrassigen Hahn treibst du nicht alle Tage auf.“

Tatsächlich sprach sich die Sache mit dem Aquarium schnell herum, und eine Zeitlang schien eine große Salzknappheit ausgebrochen zu sein, denn immerfort kamen die Nachbarinnen um einen Löffel voll, und sie gingen erst, nachdem sie den neuen Besitz eingehend bewundert hatten.

Ihre Begeisterung legte sich erst, als sie dahinterkamen, warum sie neuerdings ihre Post immer erst mit großer Verspätung bekamen: der Briefträger war nur durch mehrere Ermahnungen meiner Mutter von unserer Südsee fort und wieder auf den Dienstweg zu bringen.

Als mein Vater von den Wirkungen des Wasserwunders auf den Postmann erfuhr, sagte er voll Genugtuung, das sei nun wohl so, wer etwas Extras habe, der werde in den Augen der anderen selbst ein bißchen was Extras, und zu dem komme man dann auch.

Wie recht er doch hatte.

Es fing mit Jonathan Kraulig an. Es war Donnerstagabend, wir wollten gerade mit dem Abendbrot anfangen, da kam er.

Einen anderen Mann als ihn hätte bei uns niemand Jonathan genannt, aus diesem langstieligen Namen wäre sehr schnell „Jonny" geworden, aber Jonathan konnte gar nicht anders heißen als Jonathan. Er war arm und auf eine merkwürdige Art fromm. Früher, so erzählte mein Vater, war er weder arm noch fromm gewesen, beileibe nicht, früher hatte er eine große Kohlenhandlung besessen und außerordentlich gesoffen. Da hatte er auch Jonny geheißen. Aber der Kohlenverbrauch in der Siedlung hatte nicht mit Jonnys Alkoholkonsum Schritt gehalten, und eines Tages hatte er den Konkurs und eine neue Sekte angemeldet.

Jonathan kam zu uns. Er trug wie immer ein gewaltiges, jetzt regennasses schwarzes Cape und brüchige Sandalen, von denen er sich auch im tiefen Winter nicht trennte.

Er erklärte ohne Umschweife, daß er der Fische wegen gekommen sei, dann aber fiel ihm auf, daß mein Vater auf dem Sofa lag und nicht rauchte.

Jonathan wußte, daß das eine so ungewöhnlich war wie das andere, und darum fragte er besorgt: „Mein lieber Paul, krankst du an irgendeinem?"

„Ja", sagte mein Vater feierlich, „mein lieber Jonathan, ich kranke an Grippe."

Meine Mutter, die sowohl meinen Vater als auch Jonathan kannte, klapperte nervös mit den Kaffeetassen, aber Jonathan war jetzt viel zu sehr Missionar, als das wahrzunehmen.

„Nun", sagte er sanft, „da hättest du doch wohl nun ein Stündlein Müßigkeit, um einmal in das Große Buch zu schauen . . ."

Ja, sagte mein Vater mit leiser Tücke, es sei schon eine wahre Freude, daß einen die Grippe zur rechten Zeit aufs Lager werfe, da könne man sich endlich auch einmal mit diesen Dingen befassen. Dazu schlug er mit einem großen Kinderblick die Augen auf, so daß meine ältere Schwester kichernd in die Schlafstube rannte.

Jonathan übersah auch das.

„Wenn es dir recht sein möchte“, fuhr er fort, „so wollen wir denn nun einmal gemeinsam das Große Buch aufschlagen und die leidliche Grippe austreiben . . .“

Dabei fummelte er unter dem nassen Cape nach dem Großen Buch, das er immer bei sich trug. Aber mein Vater sagte, nein, das wollten sie jetzt man lieber lassen, da hätten sie hier doch die rechte Andächtigkeit nicht zu.

Das trieb meine andere Schwester in die Schlafstube, und meine Mutter, die sich so lange damit beschäftigt hatte, den Herd voll Briketts zu packen, begann nun, die Kohlen wieder herauszuholen und säuberlich in den Kasten zurückzutun. Als ich merkte, daß sie entschlossen war, dies Spiel zu wiederholen, überlegte ich, wie ich unauffällig in die Schlafstube käme.

Da klopfte es an der Haustür, und wenig später stand Herr Sanitätsrat Dr. Pfauch in der kleinen Küche.

Mein Vater sah meine Mutter an, aber nein, sie hatte den Arzt nicht bestellt, wegen Grippe einen Doktor holen, das gab es bei uns nicht, und nun gar diesen hier, den feinen Sanitätsrat, den wir nur kannten, weil er immer mit dem Auto ins nahe gelegene Nacktkulturwäldchen fuhr — das wäre ihr nicht einmal bei Scharlach eingefallen. Der Doktor ließ uns nicht lange im Zweifel. Er war offenbar ein forscher Kerl, er sagte kräftig „Gunamd!“, drückte meiner Mutter seinen regenfeuchten Jägerhut in die Hand, setzte sich rittlings auf einen Stuhl und trompetete:

„Na, junger Freund, wo haben wir denn das Nachtgeschirr voll Seegetier!“

Der junge Freund war mein Vater, und mit dem

Nachtgeschirr meinte er offenbar das Aquarium, denn als er es hinter Jonathans Cape eräugt hatte, hockte er sich neben den Glaskasten und drückte die große Nase an die Scheiben.

„Hamse den durch die Mangel gedreht, daß der so schön platt ist?“ röhrte er, als er den Segelflosser Alfons sah. „Ist ja ’n kapitales Stück!“

Das mit dem kapitalen Stück ging meinem Vater ja ein, aber von wegen Nachtgeschirr ... Ich sah, daß er sich nun doch eine Zigarette drehte und dabei die Nasenflügel aufblies.

„Tscha“, sagte er schließlich mit einem ungenierten Blick auf den gewaltigen Bauch des Medizinmannes, „es ist ein Jammer, daß man unsereins nicht auch durch die Mangel drehen kann, da würden wir viel weniger Platz wegnehmen.“

Es wurde ziemlich ruhig in der Küche, und meine kleine Schwester hatte eine glückliche Minute, als sie den Kopf durch die Schlafzimmertür hereinsteckte und fragte, ob es denn nun nicht bald Abendbrot gäbe, und im übrigen sei da draußen noch einer.

Er oder vielmehr sie war schon in der Küche; es war Alice. Wir standen uns eigentlich gar nicht mit Alice, weil sie immer die Steine aus ihrem Garten in unseren warf, aber jetzt war sie uns willkommen.

Alice hatte in ihren Jugendjahren in einem Hippodrom an der Kleinen Freiheit gesungen und aus der Zeit einen Animierblick und eine ziemlich heisere Stimme zurückbehalten.

Mit Jonathan hielt sie sich nicht lange auf, den kannte sie schon zu der Zeit, als er noch Jonny hieß; sie zupfte ihn nur am Ohrläppchen und krächzte: „Grüß’ Euch, frommer Mann!“

Den Sanitätsrat aber betrachtete sie genau und sagte rauhen, doch freundlichen Tones: „Ach, Sie sind der Onkel Doktor mit dem schicken Autodingsda! Mein Gott, ist das lange her, daß ich die Herren Anatomiker gekannt habe . . . Oder hatten wir vielleicht mal das Vergnügen?"

Nein, knurrte der Doktor, er sei noch nicht so alt, wie er aussähe. Selbst Jonathan lächelte sanft und säuerlich. Alice aber besann sich schnell darauf, daß sie ja eigentlich wegen der „söten lütten Fischchen" gekommen sei, und sie hockte sich vor das Aquarium und sagte in einem fort: „Ogottogott, nein, wie gediegen!"

Da die Fische wieder in ihre Rechte traten, entspannte sich das Gesicht meines Vaters. Dennoch schienen ihm inzwischen gewisse Zweifel an der Nützlichkeit seiner neuesten Anschaffung gekommen zu sein, und der nächste Besuch war keineswegs geeignet, sie zu zerstreuen.

Die Namensschwester des Maulbrüters, Hulda, die Krämerin, humpelte in die überfüllte Küche.

Für mich war Hulda eine Hexe. Sie stand schon lange nicht mehr selbst hinter dem Ladentisch; das hielten ihre Beine nicht aus, denn sie war so fett, daß sie sich einen elektrischen Rollstuhl hatte anschaffen müssen, um bei säumigen Kunden das Geld eintreiben zu können. Und darin bestand ihre einzige Anteilnahme am Geschäft: über die pünktlichen Zahlungen der Anschreibekunden zu wachen.

In ihrem Laden wurden Schulden nicht einfach beim nächsten Einkauf beglichen; man mußte dazu eine Treppe hinaufsteigen und in ein Zimmer treten, in dem es stets unmäßig heiß war und in dem es roch, als hätten sich alle Düfte des Hökerladens für ewig hier niedergeschlagen. Hier hockte Hulda im Halbdunkel und kassierte. Und da es ihre Art war, keinen Groschen entgegenzunehmen, ohne dem Einzahler einen Vortrag über die Nichtigkeit des Mammons zu halten, schickte meine Mutter mich dort hinauf, wenn etwas zu bezahlen war.

Kein Zweifel, sie war eine Hexe; auch jetzt, da sie im harten Licht der Küchenlampe stand, verlor sich der Eindruck keineswegs. Zunächst ließ sie ihre ziemlich gemeinen kleinen Augen über den Küchenschrank wandern, auf dem das Abendbrot bereitgestellt war, und erst als sie sich davon überzeugt hatte, daß wir nichts bei der Konkurrenz gekauft hatten, hielt sie nach dem Aquarium Ausschau. Soso, sagte sie, als Jonathan und Alice ihr beflissen Platz gemacht hatten, denn sie standen bei der Hexe genauso in der Kreide wie wir, soso, das sei ja recht bemerkenswert, und Geld habe es wohl auch gekostet, wie? Nicht daß sie an nichts anderes zu denken wüßte als an das schäbige Geld, schließlich, ins Grab könne sie es ja auch nicht mitnehmen, doch, doch, sie denke in letzter Zeit sehr oft ans Sterben, und da wolle sie doch geordnete Verhältnisse hinter sich lassen, und irgendwer habe ihr gesagt, daß wir uns so etwas Wunderbares angeschafft hätten, und rein zufällig habe sie in ihrem Büchlein entdeckt, daß da noch ein gewisser Posten offen sei, und Geld sei ein Fluch, und wieviel hätten die Fische doch gekostet?

Das Erscheinen von Pastor Meier enthob meinen Vater zunächst einer Antwort. Der Pastor musterte die ungewohnte Versammlung mit einem mild fragenden Blick, wünschte fröhlich einen schönen guten Abend allerseits – freilich nicht ohne einen blitzschnellen Seitenblick auf Jonathan, einen Blick, mit dem er deutlich machte, daß er jenen da, den Seelenkurpfuscher, aus dem „allerseits“ ausgenommen wissen wollte – und sagte dann, er habe vernommen, daß mein Vater Gottes geschuppte Kreatur in schöner Vielfältigkeit in einem Glashafen versammelt habe, und diese gar herzerwärmende Kunde habe ihn den dunklen Regenpfad herabgeführt. Daß Pastor Meier „etwas vernommen“ hatte, wunderte weiter niemanden, es gab schier nichts bei uns in der Gegend, was er nicht vernahm; mein Vater hatte die Bezeichnung „des lieben Gottes Pinkerton“ für ihn in Umlauf gesetzt, denn da briet kein Fleisch in tausend Töpfen, von dem der Seelenhirte nicht wußte. Und auch das mit dem Regenpfad stimmte wohl, denn die Schnürstiefel des Herrn Pastor sahen aus, als sei er zwei Stunden durch eine aufgeweichte Lehmkuhle gewandelt. Meine Mutter bekam ihre Augen gar nicht mehr von den verschmierten Predigerstiebeln, und sie zuckte jedesmal zusammen, wenn sich wieder ein Lehmklumpen von ihnen löste und alsbald unter die breiten Sohlen des geistlichen Besuchers geriet.

Pastor Meier schien ein wenig für die nächste Gemeindestunde trainieren zu wollen, denn er eiferte in einem merkwürdigen Gemisch aus jenseitigen Heilsworten und kräftig-populären Wendungen, und er konnte sich gar nicht genugtun, immer wieder neue Gleichnisse aus dem Benehmen und Aussehen unserer Rassefische abzuleiten.

Jonathan hatte sich in sein Cape wie in eine Toga gehüllt und versuchte hin und wieder, ein mokantes Lächeln in sein in Jonny-Zeiten zerrüttetes Sektierergesicht zu zwingen; Alice fand bei jedem zweiten Gleichnis des Predigers mit heiserer und ergriffener Stimme, dies sei ja nun gar zu gediegen; der Sanitätsrat röhrte dann und wann genüßlich, das habe der Herr Kollege aber mal ganz famos gesagt, und was er nicht famos fand, fand er kapital oder enorm; die Hexe Hulda taxierte unterdessen mit verschlagenen Blicken den Wert unserer Kücheneinrichtung, und sie wäre sicher in der Lage gewesen, jederzeit eine ziemlich exakte Überschlagsrechnung aufzumachen, obwohl sie immer dann heftig mit ihrem Tripelkinn nickte, wenn Pastor Meier auf die Nichtigkeit irdischer Werte zu sprechen kam.

Mein Vater und meine Mutter aber wechselten nur Blicke, nichts weiter, und in ebendieser Stunde muß es gewesen sein, daß ich begriff, was die Bücherschreiber meinten, wenn sie von beredten Blicken sprachen.

Das Licht der Lampe kämpfte sich durch die Küchenluft wie durch Hamburger Novembernebel; es roch nach verschwitztem Pastor und nach Sanitätsratskarbol und nach Jonathans Rohköstlerknoblauch und nach Alices gemeinem „Parföng“, nach Brinkmanns billigstem Tabak und nach den tausend Waren in Huldas Hexenhaus. Und heiß war es!

Irgendwann in später Nacht zwängte sich meine kleine Schwester wieder in die Küche und fragte mitten hinein in des Pastors Gleichnis vom treusorgenden Maulbrüter und dem gefräßigen Schwertfisch weinerlich und verschlafen, wann denn der viele Besuch nun endlich ginge, sie werde gleich vor Hunger umfallen.

Der Pastor erhob sich sogleich, und er winkte den anderen mit mahnender Gebärde, als forderte er seinen Kirchenchor zu einem Hymnus auf, mild, aber nachdrücklich, und er sagte, während er einen letzten Lehmklumpen in die Küchendielen rieb, den Kindlein, die da zum Tische drängten, dürfe niemand wehren.

Er trieb unsere Besucher, ob sie nun, wie Hulda zum Beispiel, noch etwas auf der Zunge hatten oder nicht, vor sich her zur Tür hinaus, und auf der Schwelle drehte er sich um und fragte, während aus der Küche drängende Dunstschwaden sein von der Lampe angestrahltes Haupt umhüllten, ob er beim nächsten Male vielleicht seine Kindlein – er hatte sieben, und sechs davon konnten laufen – mitbringen dürfe, auf daß auch sie das Wassergleichnis schauten, oder wie hätte mein Vater jenes Behältnis doch noch so drollig-volkstümlich genannt, „'n büschen was Extras", nicht wahr, das war doch wohl der Ausdruck? Ja, sagte mein Vater, jetzt heiserer noch als Alice, das sei es gewesen.

Am nächsten Sonntag fuhr mein Vater noch einmal auf den Fischmarkt, und am Abend lag ein Hund hinter unserer Gartenpforte, struppig, scharf und in jedem Dorf einen Ahnen.

Mitten im kalten Winter

Mit meinem Meister konnten sie es ja machen. Wenn der etwas von Geld hörte, dann war er dabei. Das heißt, eigentlich müßte man sagen, wenn er etwas von Geld hörte, dann war ich dabei. Denn er war der Meister, und ich war der Geselle. Ich tat die Arbeit.

Es ist auch nicht ganz richtig, von Geld zu reden. Für Geld tat er es eigentlich schon lange nicht mehr; schließlich war Krieg, und mit abgegriffenen Lappen kriegte er niemanden satt, nicht wahr?

Jedenfalls mußten sie das Richtige zu ihm gesagt haben, denn ich saß nun auf diesem vereisten Mast und konnte zusehen, daß ich nicht daran anfror. Im Sommer machte die Arbeit an der Freileitung vielleicht Spaß, aber jetzt fragte ich mich, warum ich nicht Bäcker gelernt hatte.

Wenn man wenigstens mit den Füßen hätte trampeln können, aber die saßen in den Steigeisen, und die wieder hatte ich schön fest in das gefrorene Holz gehakt. Darauf paßte ich gut auf, seitdem ich einmal einen alten Mast hinabgerutscht war: aus dem Holz, das danach in meinen Händen stak, hätte man einen feinen Kaninchenstall bauen können.

Aber das war im Sommer gewesen und schien mir nun vergleichsweise angenehm. Man muß so was mal probiert haben: so bei acht Grad unter Null und Ostwind an einem glitschigen Holzmast hängen und gesprungene Isolatoren auswechseln. Großartig!

Der Schlaumeier, der die Leitung gebaut hatte, mußte beim Physikunterricht gefehlt haben – „Wärme dehnt die Körper aus, Kälte zieht sie zusammen!“ –, sonst hätte er doch die Strippen nicht so stramm aufgehängt, daß man befürchten mußte, sie würden einem bei der nächsten Berührung um die Ohren fliegen.

Die Leitung lief quer über den großen Gutshof, und ich saß auf dem mittleren Mast. Viel Leben war nicht auf dem Hof. Einmal rumpelte ein leerer Wagen über den gefrorenen Dreck und verschwand hinter der Scheune mit dem zerrissenen Strohdach, dann und wann tauchte ein krummbeiniger Hund auf, schnüffelte an meiner Werkzeugtasche herum und verkrümelte sich wieder. Der glaubte doch nicht etwa, daß ich Frühstück mitgebracht hätte?

Frühstück, hm ... Ich sah zum verschneiten Dach des Gutshauses hinüber; aus dem Schornstein kam vielversprechender Rauch. Ich hätte der Mamsell einen Wink geben sollen, aber eigentlich könnte sie auch alleine draufkommen. Ob ich einfach mal runterstieg?

Aus der jetzt offenen Tür dahinten kam eine weiße Wolke, und irgendein Mädchen im Küchenkittel winkte zu mir herüber. Sie rief etwas, es hieß sicherlich „Frühstück!“, aber der Deibel sollte mich holen, wenn ich das bemerkte. Die sollten mal sehen, was arbeiten heißt. Da hört und sieht man nichts, da ist man ganz weg und denkt nicht einmal an solche Nebensachen wie Essen und Trinken. Sollte sie doch rankommen und sich mal ein Bild von rauher Männerarbeit machen. Das war immer eine feine Sache, wenn die Mädchen auf der Straße stehenblieben und neugierig-ängstlich zu einem raufsahen; da war man doch wieder froh, daß man kein Bäkker geworden war. Aber das Mädchen verschwand wieder, Gottsverdorri! Wenn sie nun nicht wiederkam? Die dachte doch nicht etwa, daß ich kein Frühstück wollte? Aber jetzt konnte ich nicht mehr hinunter; sie hätten sich nur lustig über mich gemacht.

Ach so, sie hatte sich nur was übergezogen und kam jetzt über den Hof gelaufen. Sie hatte Holzpantinen an und rutschte ein paarmal aus.

Dann stand sie neben der Werkzeugtasche. Viel war nicht an ihr, soweit ich sehen konnte.

Sie drehte sich bald den Hals aus und piepste: „Ob Sie was essen wollen!"

„Das ist kein Satz", sagte ich und bummerte wegen der Wirkung ein bißchen gegen die eiserne Traverse.

„Wie bitte?" piepste sie, und es klang ausgesprochen dümmerlich.

„Bitte reden Sie in vollständigen Sätzen mit mir", sagte ich, „ich bin Elektriker, und das heißt, ich bin gebildet, und tun Sie man nicht so, als ob's kalt wäre!"

Jetzt lief sie weg; sie hatte dünne Beine. Ich klopfte noch mal kräftig gegen die Traverse und schnallte mich dann los. Herrje, war ich steif geworden! Wenn ich jetzt runterrutschte, würde ich ein dutzendmal durchbrechen.

Die Steigeisen ließ ich neben dem Mast liegen, den Gürtel behielt ich um, das machte sich immer gut.

Ich zog ein gelangweiltes Gesicht, als ich in die Küche kam, aber die Mamsell sah nur, daß es blaugefroren war, und sie fragte mich, ob ich armer Junge auch um Gottes willen warme Unterhosen anhätte, sonst könnte ich mir „bei diese erbärmliche Küll" noch das Reißen holen. Die Mädchen lachten – auch die Piepsige –, und ich machte, daß ich an den Frühstückstisch kam.

„Wollen Sie denn nicht den Schmachtriemen abnehmen?“ fragte die Mamsell. „Das drückt doch auf den Magen und ist gewiß schädlich für die Verdauung.“ Ich nahm den Sicherheitsgurt ab, und es war ganz egal, daß Spiegeleier und Schinken, Landleberwurst und Griebenschmalz auf dem Tisch standen. Ich hätte auch Sand gegessen, bloß um etwas zu tun. Die Mädchen kicherten. Die eine sagte: „Damit hält er seine Unterhosen fest.“ Sie kreischten. Mit denen war ich fertig.

Ich wünschte mich hinaus auf den Mast und stand nur deshalb nicht auf, weil sie dann wirklich denken würden, sie hätten mich geschafft. Während ich an dem Schinken herumsäbelte, suchte ich nach einem guten Abgang. Die Mädchen – es waren vier – standen an dem großen Küchenherd und sahen mir zu. Ob in diesem Hause nichts zu tun war? Die Dickste von ihnen – sie waren, mit Ausnahme der Piepsigen, alle ganz gut bei Schick – sagte, an meiner Figur könne man mal sehen, was der Hunger so alles anrichte, und die neben ihr fragte sich laut, was ich wohl ausgeschlachtet wiegen würde. „Minus!“ sagte die dritte und klappte ihren großen Mund wieder zu. Nach jedem Wort, das sie rausgebracht hatten, wollten sie sich totlachen. Es war wohl sonst recht öde hier, und ich kam ihnen gerade zupaß.

Ich konnte beim besten Willen nicht mehr essen, und darum verabschiedete ich mich von der Mamsell. Ich sagte ihr, das Frühstück sei fein gewesen, bis auf das Gänseklein. Sie verstand den Witz nicht, und es blieb mir nichts anderes übrig, als unter dem Gegacker der Mädchen loszuziehen. Ich ging in den Keller und schaltete die elektrische Wasserpumpe aus. Dann steckte ich noch mal den Kopf durch die Küchentür und sagte zu der Mamsell, ich sähe mich genötigt – ich sagte tatsächlich: „Ich sehe mich genötigt ...“ –, für heute den Kraftstrom abzuschalten, ich arbeite ohnedies unter Lebensgefahr – hier machte ich eine Pause –, und ihr werde das doch hoffentlich nichts ausmachen, sie habe ja vier kräftige Mädchen im Hause, die könnten das Wasser aus dem Wirtschaftsgebäude holen, die Pumpe sei ja wohl noch nicht eingefroren, und wenn, so lasse sie sich ja auftauen ... Großartig war das nun nicht gerade, aber es war Notwehr.

Dann kletterte ich wieder auf den Mast. Es war gar nicht mehr so kalt. Während ich den dritten gesprungenen Isolator auswechselte, kamen sie über den Hof. Sie trugen große Wassereimer und sangen so laut, daß jeder hören konnte, es mache ihnen nicht das geringste. Natürlich konnten sie sich naheliegende Vergleiche, wie Klammeraffe und verhungerter Maikäfer, nicht verkneifen, aber das spielte sich tief unter mir auf der Erde ab.

Beim dritten Gang hörte sich schon alles viel krampfiger an, und ich war sehr zufrieden. Ich hatte ja gar nicht damit gerechnet, daß sie so oft rennen würden, aber vielleicht wollten sie ein Schwein brühen, oder die Gnädige wünschte zu baden. Die drei Dicken hätten von mir aus ruhig noch weiter schleppen können, aber die Piepsige tat mir irgendwie leid. Die vollen Eimer rissen ihr beinahe die dünnen Arme ab, und sie schwabberte sich das Wasser andauernd auf die Holzpantoffeln und auf die wollenen Strümpfe. Sie hatte auch gar keine Luft mehr, mit den anderen mitzugackern.

Als sie zum vierten Male am Mast vorbeikam und die müden Arme mit den jetzt leeren Eimern hängenließ – die anderen waren ihr schon voraus –, sagte ich: „Kehrn Sie man um, Mädchen, und schalten Sie die

Pumpe im Keller wieder ein, das ist ein ganz anderer Stromkreis, aber merken könn' Sie sich das ruhig, war 'ne Scherzeinlage, und nie vergessen: Elektriker sind eine Macht!"

Sie war nicht weiter dankbar; sie lispelte, es sei eine Gemeinheit, sie würden jetzt was bei der Gnädigen erleben und kämen wieder mal später ins Bett. Schöne große Kulleraugen hatte sie.

Die anderen warfen gefrorene Dreckklumpen nach mir.

Mit dem Mast war ich nun fertig, und ich schleppte meine Sachen an die Scheunenwand, an der die Leitung endete. Das Kabel sollte auch gleich ausgewechselt werden. Die Sache mußte Herrn von der Elsnitz, das war der Besitzer des Gutes, eine schöne Seite Speck gekostet haben, denn das Material war bewirtschaftet, und mein Meister konnte da gar nichts machen, es sei denn ...

Ich brauchte eine Leiter; ich hätte natürlich eine in der Scheune gefunden, aber ich mußte mich ja nicht überschlagen.

Die Mamsell sah mich strafend an, man hatte ihr die Geschichte wohl schon erzählt. Sie sagte, der Leiternkram schlage nicht in ihr Fach, ich solle den „Entspekter" fragen. Die hatten hier tatsächlich noch einen Inspektor.

Die Küchenmädchen schälten Kartoffeln, und wenn sie eine matschige fanden, warfen sie damit nach mir. Sie gaben sich alle Mühe und fanden eine ganze Menge.

Die Dünne mit den Kulleraugen sagte, hinter dem Geflügelhaus hänge eine große Leiter.

„Du lieber Gott", sagte ich zu der Mamsell, „die glaubt doch nicht etwa, daß ich mich in Ihrem Dorf hier auskenne. Wo ist denn das?"

„Geh mit, Anna", sagte die Mamsell, „zeig dem Herrn Elektrischen die Leiter!"

Allmächtiger, sie hieß Anna! Ich kannte nur eine Anna, und das war meine Tante. Sie war Schneiderin und so dick, wie die drei Mädchen mit fünfzig sein würden. Bei ihr kam das vom vielen Sitzen. Sie saß ihr Lebtag an der Maschine, die sie sich an das Fenster gerückt hatte, und kontrollierte, während sie nähte, die Straße. Wenn sie mich dort unten sah, klopfte sie scharf an die Scheiben und straffte energisch ihren Oberkörper. Ich wußte, daß sie dazu „Brust raus!" schrie. Sie konnte nie vergessen, daß ihr Mann großherzoglich-mecklenburgischer Schwimmlehrer im 2. Füsilierregiment gewesen war.

Dünn und piepsig sein und dann Anna heißen, das ging eigentlich gar nicht.

Sie lief vor mir her und hielt den Kragen ihres Kittels fest zu.

„Sie können den Mund nicht halten, was?" sagte ich.

„Wieso?"

„Na, die andern haben doch auch gewußt, wo die Leiter ist. Müssen Sie sich mal merken: Wer was weiß, muß laufen."

„Und Sie sind schlau, nicht?"

„Ich hab bloß einen guten Meister", sagte ich, „bei dem hab ich's gelernt. Als ich noch ein dämlicher Stift war, brauchte ich nur Gips anzurühren. Jetzt läßt er sich überhaupt nicht mehr bei der Arbeit sehen."

„Gestern war er hier", sagte sie.

„Ja, zum Eierholen."

Wir hätten lieber ruhig sein sollen, denn jedesmal, wenn man den Mund aufmachte, tat es weh an den Zähnen, als habe man unvorsichtig tief in eine Eiswaffel gebissen.

Der Wind fuhr wirbelnd über den Hof und ließ ein paar Schneeflocken tanzen.

„Das Frühstück war gut", sagte ich, „kriegt ihr auch so eins?"

„Wir gehören doch zum Gut", sagte sie.

„Die Mamsell ist in Ordnung, was?" fragte ich.

Sie nickte.

„Gehn Sie man wieder zurück", sagte ich, „ich finde die Leiter schon."

Sie lief aber weiter. Erst hinter dem großen Kuhstall blieb sie stehen.

„Frau Soebenbrodt würd's nicht leiden. Sie sagt: ‚Alles wie 's Kartoffelschälen! Immer gründlich, sonst schmeckt es keinem.' "

„Sie könnten im Kuhstall warten", sagte ich, „da ist es schön warm."

„Frau Soebenbrodt sagt: ‚Mit Lügen kriegt man keine Gans nicht fett.' "

„Und was sagt Frau Soebenbrodt noch?"

Sie strich eine Haarsträhne aus der Stirn und ging weiter. „Die ist schwer", sagte sie und zeigte auf die große Leiter. Sie wollte tatsächlich mit anfassen.

„Nee", sagte ich, „hängen Sie sich da nicht mit ran, die hat's so schon in sich."

Sie wischte wieder nach der Haarsträhne. Ich setzte die Leiter noch mal ab; hier war es windgeschützt. „Und wie ist die Gnädigste?"

„Och", sagte sie.

„Und er?"

„Er ist krank. Er hat Gicht, erbliche. Seit Krieg ist. Frau Soebenbrodt sagt, im Krieg taugt die schlechteste Krankheit was."

„Kommt er denn damit durch?"

„Muß wohl“, sagte sie, dann drehte sie sich um und lief zum Gutshaus hinüber. Einmal blieb sie noch stehen und rief, sie wolle mir Bescheid sagen, wenn Mittag sei.

Die Leiter hatte wirklich ein gutes Gewicht. Ich hätte sie gern mal abgesetzt. Wenn der Wind sie zu fassen kriegte, drehte er sie, wie er wollte. Ich hörte schon, wie sie mir beim Mittagessen raten würden, zum Leitertragen Sand in die Taschen zu tun. Mastgänse!

Die Kleine nicht. Die war zu dünn. Augen hatte sie wie der Hund im Märchen vom Feuerzeug, so groß.

Die Schellen an der Steigeleitung waren vollständig verrostet. Mit dem Schraubenzieher war überhaupt nichts mehr zu machen. Ich mußte die meisten Schraubenköpfe abmeißeln. „Schläge sind für alles gut“, sagte mein Meister immer. Der hatte auch immer einen Sack voll Sprüche parat. Er sollte sich mit Mamsell Soebenbrodt zusammentun.

Aber er redete eigentlich immer nur von Schlägen. Zugelangt hatte er auch in der Lehrzeit nicht. Nur einmal war er handgreiflich geworden. Seine Frau hatte mich mit einem großen Wassereimer in den Wald am Sonnenberg geschickt; ich sollte Pfifferlinge sammeln. Ich hatte gefunden, daß das nicht Elektrikerarbeit sei, und war im Wald nur so rumgestrolcht. Die Pilze bedeckten gerade den Boden des Eimers, und mein Meister, der sich schon auf ein feines Mittag gespitzt hatte, stülpte mir den Eimer mit den elf Pilzen über den Kopf.

Doch sonst war mit ihm auszukommen. Von Arbeit hielt er nicht viel, wenn er sie selbst tun mußte, dafür aber um so mehr von Köm und gutem Essen. Aber er sorgte immer dafür, daß auch ich meinen Teil bekam.

Wie war das eigentlich mit den Mädchen hier? Waren

die in der Lehre oder was? Sie lernten wohl Wirtschaften. Wieso man das lernen mußte, war mir nicht ganz klar. Wasserschleppen und Kartoffelschälen brauchte man doch nicht erst zu lernen. Aber vielleicht Kochen. Die Anna war wohl noch nicht soweit, sonst müßte sie doch ein bißchen mehr Speck auf den Rippen haben. Sie hatte ganz schön gefroren.

Die alten Schellen mußten alle raus. Die Löcher in der Scheunenwand konnten sie selbst wieder zuschmieren. Ich hängte die Schnur mit dem Bleilot auf und begann, neue Schellen zu setzen. Der Mörtel in den Fugen war gerade noch fest genug, sie auch ohne Dübel zu halten. So würde ich bald aus diesem beißenden Wind rauskommen.

Dann konnte ich endlich die neue Kombizange ausprobieren. Ich freute mich schon darauf, denn die Zange hatte mich eine Menge Arbeit gekostet, und nun würde ich bald sehen, ob sich das gelohnt hatte.

Wenn ich mich bei meinem Meister über das schlechte Werkzeug beklagte, sagte der immer: „Aus dem Stahl für so 'ne Zange könnse 'n schönes Gewehrschloß machen. Mußte denen mal sagen, daß de lieber 'ne Zange möchtest. Nee, sag's man lieber nich!"

Als ich die letzte Kabelzuteilung abgeholt hatte, hatte ich den Großhändler nach einer Kombizange gefragt. Der hatte gegrient. „Wieviel sollen es denn sein, junger Mann, ein Dutzend, zwei Dutzend? Immer sagen Sie es nur, ich weiß gar nicht, wohin mit all den Zangen."

Ich hatte es nicht so schnell aufgegeben: Ob denn wirklich nichts zu machen sei, ich arbeite viel auf dem Lande, und da könnte ich vielleicht auch mit anderem als mit Geld bezahlen. Es sei ja nicht für ihn, hatte der Grossist gesagt, aber er kenne einen Materialmenschen bei Siemens, und die hätten ja noch, nur habe der Mann eine Schwäche für geräucherte Mettwurst.

Als ein Bauer in die Werkstatt gekommen war, der beim Meister einen Motorschaden anmelden wollte, hatte ich ihn abgefangen und den ganzen Sonntag an dem verdreckten Motor rumgemurkst. Aber jetzt hatte ich eine bildschöne Kombizange. Sie war aus gutem Stahl und hatte einen dicken Isoliermantel aus Gummi um die Griffe. Damit konnte man arbeiten.

Als Anna mich zum Essen rief, steckte ich die Zange in die Brusttasche.

In der Küche war Hochbetrieb. Die Mädchen schleppten Geschirr hin und her, und wenn sie einen Augenblick Pause hatten, löffelten sie hastig ihre Suppe.

„Madam hat Gäste", sagte Frau Soebenbrodt, „die sind wie die Maikäfer. Nicht satt zu kriegen."

„Wo essen die denn?" fragte ich.

„In der Halle. Zusammen mit Madam. Der Herr speisen auf seinem Zimmer. Er ist krank, erbliche Gicht."

„Ich weiß", sagte ich, „seit Krieg ist."

Zwei von den dicken Mächen und die Kleine saßen jetzt in der Küche und aßen. Dabei ließen sie aber den Relaiskasten nicht aus den Augen. Sowie die Klappe mit dem Wort „Halle" fiel, mußten sie flitzen.

„Er ist ein netter Mensch, sagt sie", bemerkte die eine Dicke. Dabei deutete sie mit dem Löffel zuerst auf mich und dann auf Anna.

Die Kleine griff nach ihrer Haarsträhne. „Sie soll man aufpassen, daß er ihr nicht die Sicherung rausdreht", sagte die andere. Sie belachten den Witz gehörig. Anna hatte eine Farbe wie die Mohrrüben in der Suppe, und als wieder das Wort „Halle" hinter dem Klappenfenster erschien, stürzte sie mit einem Tablett davon.

„Hätten Sie was dagegen“, fragte ich Mamsell Soebenbrodt, „wenn ich den beiden ’n bißchen von der Isolierung abschabte?“ Ich hatte gute Lust, ihnen mit der neuen Zange über den Kopf zu donnern.

„Ach, lassen Sie man“, sagte Frau Soebenbrodt, „die Jugend ist schnell fertig mit Wörtern, sagt der Dichtersmann.“

„Aber sie brauchen nicht auf der Kleinen rumzuhakken.“

Anna kam gerade mit einem Berg schmutzigen Geschirrs zurück, und die eine Dicke schrie, sie solle man genau hinsehen, ich sei ein verkleideter Prinz, der sich darauf spitze, Aschenputtel zu freien, sie solle der Gnädigen man schon Bescheid geben, daß es sich jetzt mit dem Geschirrspülen habe. Und die andere kreischte, das werde eine schön sparsame Sache mit uns beiden, mit unseren Figuren könnten wir uns fein mit einem Kopfkissen behelfen.

In all den Lärm platzte mein Meister hinein. „Maul halten“, sagte er zu den Mädchen, und sie taten’s auch.

„Warum ißte in de Küche?“ fragte mein Meister, denn er konnte das nicht leiden. Einmal hatten sie ihn auf einem Rittergut zu Tisch gebeten und gesagt, der junge Mann könne in der Küche essen. Da war er in Fahrt gekommen. Dann werde er auch in der Küche essen, hatte er gesagt. Ich hatte mit an die herrschaftliche Tafel gedurft und mich geärgert. Rittergutsbesitzer Meier-Schenkemann war magenleidend, und es gab Hefeklöße mit Apfelmus. Weiter nichts. Aber mit Serviette und Tischgebet.

Ich sagte, ich esse lieber hier, hier sei es so richtig gemütlich. Ich wies auf die dicken Mädchen.

„Für solche Gemütlichkeit biste noch zu jung“, sagte

er. „Was willste denn mit de Kombizange hier?“ Ich hatte die Zange immer noch in der Hand.

„Das ist ein Nußknacker“, sagte eine der Dicken. „Den wird er schon noch brauchen.“ Sie sah zu Anna hinüber, die still am Ofen stand.

„Die Mädchen ham wohl nich genug Auslauf“, sagte mein Meister zu Frau Soebenbrodt. „Was sind denn das für Autos auf ’m Hof?“

„Fliegers“, sagte die Mamsell, „sie speisen mit Madam, und ich dacht, da soll der junge Mann doch lieber hier essen ...“

„So“, sagte mein Meister, „könn’ die auch ’n Hammer halten? Der kann das“, er wies auf mich. Die Mamsell brachte ihm irgendein Paket, und er steckte es in die Aktentasche. Dann ging er, um den kranken Baron zu besuchen. An der Tür drehte er sich um und fragte, wie weit ich sei. Ich sagte es ihm, und er nickte, vielleicht komme er nachher mal nachsehen. Ich wußte, daß er nicht kommen würde.

Ich steckte meine kostbare Zange wieder in die Tasche und ging auch.

Auf dem Flur traf ich Anna, die inzwischen wieder in der Halle gewesen war. Fliegen mußte ganz schön Appetit machen.

Sie wollte an mir vorbei, aber ich hielt sie am Ärmel fest. „Sie haben nicht vielleicht in der Scheune da zu tun, was?“ fragte ich und sah nach der Küchentür. Sie machte nur große Augen und kämpfte mit ihrem Haar. Es hatte eine Farbe wie Heidesand.

Was konnte man noch sagen? Ich kriegte die Zange zu fassen und sagte: „Fein, nicht?“

Sie nickte, aber ich merkte, daß sie bestimmt nicht wußte, was so ein Ding wert war. „Ohne Werkzeug ist man aufgeschmissen", sagte ich, und ich dachte, ich müsse ihr sagen, sie solle doch zusehen, ob sie nicht zur Scheune kommen könne, und ich sagte: „Kriegen Sie gar nicht mehr heutzutage."

„Ja", sagte sie. An ihrem Hals klopfte eine Ader ganz schnell. Merkwürdigerweise wünschte ich einen Augenblick lang, ich könnte meine Hand drauf legen.

Sie sah ängstlich den Gang hinunter und meinte: „Ich muß jetzt rein."

Ob ich ihr das mal sagte, daß sie so große Augen wie der Märchenhund hatte? „Ja", sagte ich, „ich werd mich auch mal wieder an das Kabel machen."

Dann standen wir noch eine ganze Weile da; sie spielte an ihrem Haar, und ich klapperte mit der Zange, bis wir hörten, daß die Küchentür aufgemacht wurde.

Die Arbeit ging mir jetzt ganz gut von der Hand. In der Scheune war es auch nicht gerade warm, aber vor dem Wind war ich sicher, und ich hatte hier viel Holz, auf dem es sich gut arbeiten ließ.

Ich wunderte mich nur, daß die Scheune nicht schon längst abgebrannt war, denn die alte Anlage war ein einziger Witz. Eine Sicherheitsinspektion hatte sich wohl nie hierher verirrt; die waren bestimmt immer nur bis in die Halle gekommen.

Bald konnte ich hier einpacken. Es fing schon an zu schummern, und ich hatte mir schon zweimal ordentlich auf den Daumen gelangt. Es war nicht so schlimm, weil ich Handschuhe anhatte; das durfte ich, seitdem ich Monteur war. In der Lehrzeit hatte mich der Alte einmal mit Hammer und Meißel und Handschuhen erwischt, und er hatte mich gefragt, ob ich der Wand vielleicht den Blinddarm rausnehmen wolle, und eine Woche lang hatte er mich nur „Herr Doktor" genannt. Aber jetzt war ich Monteur, Elektromonteur, und das hörte sich viel besser an als „Herr Doktor".

Das angenehmste am Winter war, daß man früh mit der Außenarbeit Schluß machen konnte, nachher gab es nur noch irgendwelche Pusseleien mit Plätteisen und Heizsonnen in der warmen Werkstatt.

Heute war ich nicht so scharf auf das Nachhausefahren. Ich hatte im Magen ein Gefühl wie früher in der Schule, wenn es die Osterzeugnisse geben sollte. Keine Ahnung, wieso.

Ich turnte auf der alten MacCormick-Dreschmaschine rum und schraubte die Leitung los. Dann hörte ich jemanden rufen. Ich war ziemlich schnell unten.

Ich brachte wieder nichts anderes heraus als die Frage, ob es ihr nicht zu kalt sei. Dabei hörte ich, wie in meinem Kopf einer sagte, ich müsse ihr nun ganz was Feines sagen. Na, wie denn?

Der Druck im Magen war jetzt noch stärker – der Lehrer hatte meinen Namen aufgerufen, und gleich würde er meine Zensuren sagen.

„Frau Soebenbrodt läßt fragen, ob Sie vielleicht mal nach der Herdlampe sehen könnten, die flackert so."

Bums! Ich hatte schon gedacht, sie wollte mich besuchen. Der Lehrer hatte mir eine Vier gegeben.

„Ist gut", sagte ich, „ich pack den Trödel hier gleich ein, wollte sowieso aufhören." Dabei knallte ich das Werkzeug zusammen, daß es ein Jammer war.

Sie bückte sich und legte einen Apfel auf die Tasche. „Mögen Sie?" sagte sie und rückte das Tuch, das sie diesmal umgebunden hatte, zurecht.

Oh! Jetzt würde ich ihr sagen, daß ich . . .

„Geklaut?" fragte ich und biß in den Apfel. Sie sagte nichts.

Dann zeigte sie auf die Zange und sagte: „Lassen Sie die hier nicht liegen, dann ist sie weg."

„Ach wo", sagte ich, „die brauch ich ja noch."

Als ich das Scheunentor schloß, streifte ich sie mit dem Ellenbogen. Ich hatte es nicht mit Absicht getan, aber ich nahm mir vor, es noch mal zu tun. Das war schön gewesen.

Wir gingen zusammen über den fast dunklen Hof. Keiner sagte etwas.

Ich atmete auf, als ich sah, daß nur die Mamsell in der Küche war.

„Nee", sagte die, „dies Lampengeflunker macht einen ja ganz brägenklüterig. Gucken Sie doch mal rein, da ist wohl was verstopft?"

„Kein Problem", sagte ich und holte mir die eiserne Fußroste, die vor der Tür lag. Ich legte sie auf den heißen Herd und stellte mich dann darauf.

„Geh dem Herrn Elektrizitäter mal zur Hand, Anna", sagte die Mamsell.

„Ja", sagte ich, „geben Sie mir mal den Schraubenzieher, nee, das ist ein Schraubenschlüssel, ja, den da. Brennen Sie sich nicht!"

Die Mamsell fragte, ob ich nicht die Sicherung rausnehmen wolle, sie habe mal einen Schlag gekriegt, und das sei ja wohl zu gruselig gewesen. Ich wollte ihr was von jahrelangem Training und Abgehärtetsein erzählen, aber Anna war schon hinausgelaufen, und wenig später ging das Licht aus.

Als sie wiederkam, drückte ihr die Mamsell eine Kerze in die Hand und sagte, sie solle mir leuchten, aber nichts auf den Herd tropfen, das stinke so abscheußlich.

Jetzt standen wir nebeneinander auf der Roste, und

ich kam mit den Schrauben nicht zurecht, weil ich immer auf das Kerzenlicht in Annas großen Augen sehen mußte. Ich nahm ihre Hand mit der Kerze und sagte: „Halt mal so, dann geht's besser."

Ich konnte nicht sehen, ob uns die Mamsell aus der Dunkelkeit zusah, und darum ließ ich Annas Hand nach einer Weile wieder los. An ihrem dünnen Gelenk hatte es geradeso wie an ihrem Hals geklopft.

Irgendwas war an meiner Atmung nicht in Ordnung, und ich sagte laut: „Ganz hübsch verschimmelt da drinnen, Frau Soebenbrodt, Sie kochen zuviel Suppe." Und zu Anna, in deren Hand die Kerze ganz leise zitterte, sagte ich: „Das nennt man Korrosion. Die Kontakte werden wie ein fauler Apfel aufgefressen." Dann wieder zu Frau Soebenbrodt: „Ich werd wohl eine neue Lampe mitbringen müssen, die hier ist bald fertig. Ich werd mit dem Meister reden. Für heut und morgen krieg ich's noch mal hin." Die Mamsell sagte, ich sei ein guter Mensch.

Anna nahm ganz vorsichtig die Kerze in die andere Hand und streifte langsam das Kopftuch ab. Es war warm auf dem Herd.

Ich kratzte an den angefressenen Drähten herum, und es ließ sich gar nicht vermeiden, daß ich immer wieder mit der Wange an Annas sandfarbenes Haar streifte. Mir war, als knistere es leise.

Ich konnte mich beim besten Willen nicht länger mit der Sache aufhalten, und wenn ich meinen Fingern auch zu befehlen suchte, sie sollten langsamer arbeiten, sie wußten sehr gut, wie man einen so lächerlichen Schaden behob, und ehe ich mich versah, waren sie mit der Arbeit fertig.

Ich sprang vom Küchenherd, nahm Anna das Licht

aus der Ha[illegible] der Mamsell und sagte zu Anna: „Komm[illegible] für die Hilfe.“

„Bitte“, sagte [illegible]hrauben Sie die Sicherung wieder rein, und [illegible]nz leicht.

Die Mamsell hatt[illegible] Päckchen mit Eiern vorbereitet, und ich vera[illegible]ich mit Dank von ihr. Ich sagte, ich möchte de[illegible] auf Wiedersehen sagen, und sah mich suchen[illegible]r Frau Soebenbrodt meinte, die seien jetzt alle i[illegible]aschküche und sie hätten einen langen Abend v[illegible] und sie werde es schon ausrichten und ich käme [illegible]hl morgen noch mal.

Dann fuhr ich den langen verschne[illegible] Weg zur Stadt zurück. Es war wohl noch kälter ge[illegible]n, aber ich merkte es nicht. Ich spürte immer noch da[illegible]ise Kitzeln von Annas Haar an meiner Wange, und au[illegible]m dunklen Weg vor mir schienen die Kerzen in ihren [illegible]ugen zu leuchten. Nun paßte es mir gar nicht mehr so recht, daß die Wintertage so kurz waren, und ich war entschlossen, lieber ein paar Kurzschlüsse in die Leitungen auf dem Gut zu zaubern als so schnell von dort fortzugehen. Was konnte ich mit dem Mädchen nur anfangen? Früher waren die Leute wohl tanzen gegangen, aber das gab es jetzt im Krieg nicht, und ich konnte auch gar nicht tanzen. Vielleicht kam sie einmal mit mir ins Kino? Oder war das immer so auf dem Gut da, daß die Leute bis in die Nacht hinein arbeiteten?

Die Autos der Fliegeroffiziere hatten immer noch auf dem Gutshof gestanden, als ich fortgefahren war. Von denen kam doch nicht etwa einer auf die Idee, Anna hübsch zu finden? Ich trat wild in die Pedale und landete schweißgebadet vor der Werkstatt.

Der Meister kramte in einer Schublade. „Willste dir

'ne Lungenentzündung … e er, als er mein nasses Gesicht sah, „das … rwegs, wir ham noch Arbeit." Dann sagte e… ir noch die Heizsonne von Möbel-Wohl vo… die Alte habe schon den ganzen Tag durch… gequakt.

„Ich hab meine … gessen, die neue", sagte ich und freute mich … Einfall.

„Na, denn ka… abschreiben. Die klaun da wie die Raben. Od… noch mal hin. Aber erst machste die Funzel vor … öbel-Witwe fertig. Ich hab 'n Sessel bei ihr be…"

Das war … ll gemacht, und den Weg hatte ich auch bald … r hinter mir.

„Mein J… e Gott, nee", schrie die Mamsell, als sie mich sah … gt Sie der Leibhaftige?"

Nein, … gte ich ihr, ich sei nur auf der Suche nach meiner Kombizange, die brauche ich ganz dringend, und w… nn ich sie nicht wiederfinde, könne ich den Beruf aufstecken.

Die Mamsell jammerte, es tue ihr bei unserem Herrn Jesus in der Seele leid, aber sie könne mir nicht suchen helfen, die Herren Offiziers sollten doch ein opülentes Mahl haben, und sie wisse so nicht, wie sie das machen solle, früher, ja früher sei das mit der Opülenz einfach gewesen, aber heute tauge allens nicht mehr, und außerdem habe sie es mit dem Podagra, und da falle ihr das Bücken schwer, so daß schon deshalb nicht an Suchenhelfen zu denken sei, und die Mädchen, die seien jetzt alle beim Waschen, und das könne zehn werden, und sie müsse sowieso schon allein auftragen bei der Gnädigen und ihren Gästen. Nichts zu machen.

Ich gab die Suche nach der Zange, die jetzt in einer Werkstattschublade lag, bald auf und verabschiedete mich an diesem Tag ein zweites Mal von Frau Soebenbrodt. Die Gute war ganz verzweifelt über mein Mißgeschick, und sie fragte, ob sie mir vielleicht mit einer Kneifzange, die irgendwo auf dem Boden liegen müsse, eine Freude machen könne. Es hätte nicht viel gefehlt, und wir beide hätten geheult.

In dieser Nacht schlief ich schlecht, und ich wachte einmal davon auf, daß meine Mutter kräftig an die Wand klopfte. Sie sagte am anderen Morgen, ihr sei angst und bange geworden, so laut habe ich herumpalavert, und ob es jetzt wieder besser sei.

Das sollte sich bald herausstellen. Ich machte den Weg wieder in guter Zeit und sah auch danach aus, als ich in die Küche von Mamsell Soebenbrodt kam.

„Gott behüte dich", rief sie, „was geht hier um? Sie werden doch nicht zerspringen? Und allens wegen so 'ne dumme Kneifzange. Die kleine Deern sah wahrhaftig auch ganz bleichgesüchtig aus heute früh. Und hat sie doch nicht gefunden."

„Augenblick", sagte ich, „von wem reden Sie?"

„Von uns' lütt Anna", sagte die Mamsell, „ist doch man nur ein Hänfling und sucht sich die ganze Nacht die lieben Augen aus dem Kopfe." Es wurde sehr kalt.

„Meinen Sie", sagte ich vorsichtig, „daß Anna die Zange gesucht hat?"

Die Mamsell sah nicht, daß ich Angst vor der Antwort hatte. Sie erzählte: „Es war schon halber elfe, als sie vons Waschen kamen, und ich sag noch, sie solln sich man schnell ins Bett drücken, sonst spürte Madam vielleicht noch ein Bedürfnis nach irgendwas, und die Fliegeroffiziere strichen auch durch das Haus, und ich wüßt ganz gut, was sie suchten, und als die Deerns rausgehn, sag ich noch, sie solln man die Augen aufmachen, der junge Mann hätt seine Zange verloren, und die andern machen Witze, und die Anna fängt an zu suchen und sagt, die olle Zange wäre Ihnen furchtbar wichtig und sie würde sie schon finden. Es war wohl um einsen rum, als ich sie raufkommen hörte, und heut morgen sah sie wie Buttermilch und Spucke aus."

Die große Küche war ganz leer. Das Licht der Herdlampe drang matt durch den Dampf, der aus einem eisernen Kessel stieg. Da war nichts mehr von der Wärme von gestern und nichts von dem Licht der Kerze, die Anna mir gehalten hatte. „Ich bin dumm", sagte ich zu der Mamsell, die mich nur ratlos ansah. Durch das Fenster, dessen Ränder noch frostweiß waren, sah ich die schrundige Fläche des zugefrorenen Gutsteiches, und einen Augenblick lang dachte ich, ich müßte die Zange aus der Tasche nehmen und sie durch das Fenster hinaus auf den Teich werfen, aber ich schämte mich vor der Mamsell, und ich wußte auch, daß es keinem genutzt hätte.

„Wo ist Anna jetzt?" fragte ich.

„Sie ist wieder auf dem Vorwerk", sagte Frau Soebenbrodt, „sie war ja nur wegen der Wäsche gestern hier, sie arbeitet sonst auf dem Vorwerk."

„Und wo ist das Vorwerk?"

Im Walfisch

Diese Nacht war die kälteste seit langem. Selbst als wir unter freiem Himmel im Schnee kampiert hatten, war der Frost leichter zu ertragen gewesen. Es kann sein, daß es nach Graden gemessen gar nicht kälter war, aber wir empfanden es so. Das Frieren hielt schon zu lange an, und auch das Hungern; darum biß es uns so in die Knochen, weit schärfer als bisher.

Die vier Wände des Raumes, der Fußboden und selbst die Decke waren gekachelt, und durch den Schmutzgestank, den wir ausbreiteten, zogen sich deutlich und schmerzhaft wahrnehmbar dünne Fäden eines säuerlichen Geruchs, des Geruchs von Milch und Butter und Käse. Wir nächtigten in einer Molkerei.

Neben mir lag einer, der schon seit Tagen an meiner Seite hergezogen war, ohne daß wir miteinander gesprochen hätten. Wir sprachen damals noch nicht viel. Wir waren erst seit kurzem Gefangene, und jeder suchte allein damit zurechtzukommen.

Mein Nachbar hatte sich, genau wie ich, unter seinem dünnen Mantel zusammengekrümmt und zitterte so stark, daß ich es spürte. Als er mit den Zähnen zu klappern begann, stieß ich ihn an. „Wenn man einen Mantel drunterlegte und den anderen darüber, müßte es besser sein."

Er stand sofort auf und machte Platz für meinen Mantel. Wir legten uns darauf und deckten uns mit seinem zu. Wir krochen aneinander heran, und bald lagen wir zusammengeschmiegt wie ein Liebespaar. Es wärmte.

„Wie heißt du?" fragte ich. Das schien mir doch irgendwie angebracht, so unter einer Decke. „Walter", sagte er, „und du?"

„Hermann. Wo kommst du her?" fragte ich.

„Westfalen", murmelte er.

„Ich bin aus Hamburg."

„Da wollte ich immer mal hin ... Du, können wir uns umdrehen?"

Er war so dünn wie ich und hatte sich auch noch nicht an das Liegen auf hartem Boden gewöhnt. Während wir uns zurechtlegten, fragte ich: „Und wie alt bist du?"

„Siebzehn."

„Ich bin schon achtzehn."

„Da bist du ja fein raus", sagte er.

Ich drehte mich halb zu ihm herum und fragte: „Du, sag mal, geht dir dieser Milchgeruch auch so auf die Nerven? Mich macht das ganz fertig; ich hab das Gefühl, ich hätte in meinem Leben mindestens dreitausend Liter Milch zu wenig getrunken."

„Und zehn Zentner Käse zuwenig gegessen", sagte er.

„Ja, aber das wird alles nachgeholt."

„Was, die dreitausend Liter Milch und die zehn Zentner Käse?"

„Das und noch viel mehr. Milch und Käse und Butter und Wurst und Eier und Schinken und ..."

„Hör auf, willst du nach Schlaraffenland auswandern?"

„Egal, wie die Gegend heißt, Hauptsache, ich kriege da, was ich will."

„Und weiter willst du nichts, nur fressen?"

„Natürlich kommt noch was dazu. Viel Spaß zum Beispiel, und ich hab auch nichts gegen Mädchen. Nur wird nichts wieder angefaßt, was einen in solchen Schlamassel bringen kann."

Ich merkte, wie er sich halb aufrichtete und auf seinen Ellenbogen stützte. Er sagte: „Ist das so? Durch Butter, Milch und Liebe kommt man in keinen Schlamassel?"

„Nicht daß ich wüßte jedenfalls", sagte ich.

„Aha", sagte er und legte sich wieder hin.

Ich dachte schon, er sei eingeschlafen, da begann er, an einer seiner Taschen zu nesteln, und dann hielt er mir ein Stück Papier vor die Nase. „Kannst du das lesen?"

„Wie denn?" sagte ich. „Hier ist es doch finster wie im Walfisch!"

„Ist auch nicht nötig", sagte er, „ich kann es auswendig. Hör zu: ‚Im Namen des Volkes ergeht folgendes Urteil gegen den Walter Hemming, geboren am 18. VII. 1927 zu Bauheim bei Osnabrück: Der Genannte wird wegen mehrfacher Vergehen gegen die Kriegswirtschaftsgesetze, Paragraph soundso, wegen Verbrechen am Eigentum der NSDAP unter Ausnutzung der Verdunkelung, Paragraph soundso, wegen aktivem Defätismus, Paragraph soundso, sowie wegen Sabotage und Feindbegünstigung, Paragraph soundso, zu insgesamt fünf Jahren Zuchthaus verurteilt. Die ungewöhnliche Milde des Urteils ist dem geringen Alter des Angeklagten wie seiner bisherigen Unbescholtenheit zu danken und so weiter . . .‘ "

Es war, als hätte er mir eine Schlinge um den Hals geworfen und mit einem Ruck zugezogen: ich lag mit einem Zuchthäusler unter einem Mantel, einem Saboteur, hier in Feindesland und -hand.

„Das ist doch nicht wahr“, sagte ich schließlich.

„Doch, und wenn du nun lieber wieder allein liegen willst, dann sag es nur.“

„Aber wieso bist du nicht . . .“

„Im Zuchthaus, meinst du? Ganz einfach: Sie gaben mir zu all ihrer Milde noch eine weitere Chance – Minen buddeln an der Front, eine Art Bewährung, und jetzt bewähre ich mich hier.“

„Aber hast du das wirklich alles gemacht, was da in dem Urteil steht?“ Ich hoffte immer noch.

„Es stimmt schon . . .“, sagte er.

Ich stand auf, er stand auf; ich nahm meinen Mantel um die Schultern, er den seinen; ich hockte mich hin, er daneben.

Eine Weile schwiegen wir, dann fragte er: „Willst du die Geschichte hören?“

Ich antwortete nicht.

„Es kommt auch Milch darin vor und ein Mädchen und viel Spaß, gerade das Richtige für dich . . .“

„Erzähl schon“, sagte ich.

Unsere Stadt ist klein, kaum mehr als ein Marktflecken. Gaswerk, Wasserwerk, Konservenfabrik, Landmaschinenreparatur, Papiermühle, zwei Kirchen, drei Schulen, Landratsamt und Rathaus, das ist so ziemlich alles. Und zwei Kinos immerhin. Und seit einigen Jahren ein Fliegerhorst in der Nähe. Dann ist aber Schluß.

Wenn du aus der Schule kommst, hast du nicht allzu viele Berufe zur Auswahl. Du kannst zu einem Krämer in die Lehre gehen oder zu einem Handwerker. Wenn du zu dumm zum Lernen bist, gehst du in eine der beiden Fabriken Karren schieben. Und wenn du faul bist oder Sehnsucht nach einem weißen Kragen hast, gehst du zur Post oder zur Bahn. – Ich bin Brunnenbauer geworden. Das ist keine schlechte Arbeit; zu tun ist genug, denn in den Außenbezirken haben wir noch keine Wasserleitung. Du siehst zwar jeden Abend furchtbar dreckkig aus, aber das ist meistens nur Sand oder Schlamm und geht schnell wieder runter. Vielleicht findest du es komisch, aber anfangs, im ersten Lehrjahr, war ich immer ganz stolz, wenn ich so verschmiert durch die Stadt nach Hause fuhr. Mit den Jungens von der Oberschule hätte ich nicht getauscht – die natürlich auch nicht mit mir. Aber eines Tages wurde das anders, ich meine, nicht mit denen von der Oberschule, sondern mit mir.

Wann das genau war, weiß ich nicht. Es kam wohl auch nicht von heute auf morgen; es kam so sachte.

Sonst war ich immer, wenn es irgend ging, nach Feierabend über die Blutstraße gefahren – so heißt die Straße, in der bei uns am meisten los ist, die Heiratsglitsche, wie wir das nennen, mit Kino und Café. Gegenüber der Kirche im Eingang zu Kaisers Kaffeegeschäft war immer unser Treffpunkt. Die anderen standen meistens schon da, wenn ich um die Ecke gesaust kam, Werkzeug auf dem Gepäckträger und dreckig wie ein Dorftümpel. Jedesmal gab das ein mächtiges Gejohle; die anderen schrien, ich sollte mich beeilen, wozu, weiß ich eigentlich gar nicht, denn nachher standen wir doch bloß so rum, aber ich brüllte zurück, ich sei gleich wieder da, und das war ich auch.

Meine Mutter war begeistert, wenn ich ihr die Küche unter Wasser setzte und mein Essen runterschlang, als sei es das erste seit vierzehn Tagen, und dann in wilder Talfahrt fast das Treppengeländer abriß.

Aber dann fing das mit den Mädchen an. Wir waren so lange immer unter uns gewesen und hatten höchstens mal mit Schneebällen nach Mädchen geworfen, aber sonst war nichts.

Und da, ich sah an dem Abend wohl noch schwärzer aus als Eddy, unser Schornsteinfeger, standen plötzlich ein paar Mädchen im Eingang zu Kaisers Kaffeegeschäft. Die Jungens johlten wie immer, als ich vorbeikam, und die Mädchen lachten. Mir war klar, daß sie über mich und meinen Aufzug lachten.

Ich war ziemlich wütend, als ich hinging, weil es welche von der Oberschule waren, die wir ganz besonders wenig mochten. Ich sagte andauernd irgendwelche Dinge, die bissig sein sollten, aber meine Freunde waren nicht in Form; sie nahmen die Bälle nicht auf. „Ein Doofer ist immer dabei“, maulte die Tochter von unserem Fahrradhändler, und die anderen sahen mich an und kicherten albern. Und meine Freunde lachten mit.

Bei den Mädchen war eine, die hielt sich ein bißchen heraus. Die anderen nannten sie Charlie, weil sie Chartron mit Nachnamen hieß. Sie hatte einen blonden Mozartzopf, und ihre Augen waren groß und grün.

Ich merkte bald, daß die Mädchen sie anhimmelten und daß meine Freunde, auch wenn sie zu allen sprachen, nur sie im Visier hatten. Sie war ausgesprochen hochnäsig; das konnte sie sich auch leisten, so wie sie aussah. Der Witz mußte schon gut sein, der sie zum Lachen brachte, und allzuviel an Lachen war es dann immer noch nicht, mehr so ein Lächeln mit der Nasenspitze, wenn das überhaupt geht.

In Witzen war ich nie schlecht, und deswegen kriegte ich sie auch einige Male dazu, ihre Nasenspitze zu kräuseln, aber es war kaum mehr, als wenn einer zu dir sagt: Schon ganz gut so, Mann!

Dann wollte Püppi Meier, von Bäcker Meier die

Tochter, wissen, was wir lernten. Sie fragte reihum, als wollte sie sich einen Mann aussuchen. Als ich „Brunnenbauer“ geantwortet hatte, erkundigte sie sich, ob ich da auch mit der Kanalisation zu tun hätte. „Gewiß doch“, knurrte ich, denn das kam wirklich manchmal vor. „Igitt“, kreischte sie, „stinkt denn das nicht furchtbar?“ Ich sagte, das sei verschieden, am schlimmsten sei es bei den Bäckern, weil die soviel von ihrem eigenen Brot äßen.

Und dann ging ich nach Hause.

Aber von da an fuhr ich immer seltener durch die Blutstraße, und schließlich vermied ich es ganz.

Und zu Kaisers Kaffeegeschäft ging ich nur noch, wenn die Mädchen nicht da waren.

Aber eines Tages schickte mich der Meister in die Vorstadtsiedlung zu einem Kunden, der eine elektrische Pumpe hatte, die seit einiger Zeit mehr Sand als Wasser in die Eimer spie. Der Kunde war Prokurist in der Papiermühle und hieß Chartron.

Ich war schon nicht mehr Anfänger genug, um mit einem kleinen Schaden zu rechnen, einem, mit dem ich rasch hinkommen würde, noch vor Mittagszeit, noch vor Schulschluß ... Zum erstenmal in meiner Lehre hielt ich meine Berufswahl für einen Fehler.

Die Frau des Prokuristen war ganz gut zu leiden. Sie jammerte zwar, als ich mit der Buddelei anfing, aber das taten die Frauen fast alle – als ob sie Kartoffeln schälen könnten, ohne nachher neben Kartoffeln auch Schalen zu haben.

Kurz nach eins kam das Mädchen nach Hause, und als sie da war, merkte ich, daß ich die ganze Zeit auf sie gewartet hatte. Ich hatte neben der Pumpe im Vorraum den Fliesenboden aufgerissen und stand bis zum

Gürtel in einem Sandloch. Sie kam durch die offenstehende Tür, sagte „Tag“ und blieb einen Augenblick stehen, um mir zuzusehen. Wir hatten seit dem einen Abend nicht mehr miteinander gesprochen, und sie tat, als wäre auch das nicht gewesen.

„Gott sei Dank“, sagte sie, „jetzt hört das auf mit dem Sand im Pudding.“

„Pudding, was ist das denn?“

„Ich weiß, ich weiß“, gab sie zurück, „Männer essen nur Schrotbrot zum Nachtisch.“

„Ja“, sagte ich, „von Bäcker Meier.“

Ich konnte nicht sehen, ob sie mit der Nasenspitze lachte, denn ihr Gesicht lag im Dunkel über mir. Vor mir aber waren der Saum ihres dünnen Faltenrocks und ihre braunen Beine. Das Licht fiel durch die Tür und glitt um ihre Beine, so daß ich die Härchen darauf hätte zählen können. Und durch den Rock brannte die Sonne eine langschenklige Pyramide.

Ich stieg rasch aus dem Loch, sagte etwas von Mittagessen und fuhr nach Hause. Das Essen schmeckte mir, als hätten auch wir einen Schaden an der Pumpe.

Als ich wieder an die Arbeit ging, saß sie im Garten über ihren Schulaufgaben. Sie nickte mir zu, und ich grub weiter. Aber immer öfter sah ich hinaus zu ihr, auf ihren Rücken in der weißen Bluse, auf den Zopf, auf ihre Arme und Beine. Ihre Mutter ging in den Garten und spendierte mir im Vorbeigehen ein paar freundliche Worte. Ich hörte, wie Charlie erzählte, sie hätten so blöde Stilaufgaben aufbekommen, zum Beispiel werde gefragt, was an dem Satz „Sie taten, als kennten sie sich nicht“ falsch sei, und was sollte denn daran falsch sein?

„Weiß nicht“, sagte ihre Mutter, „vielleicht muß es

kannten, nicht *kennten* heißen. Aber laß doch, frag heute abend deinen Vater."

„Heute abend hab ich Steno", sagte das Mädchen.

Ihre Mutter murmelte: „Dann weiß ich auch nicht" und ging fort.

Ich wartete, bis ich ihre Schritte nicht mehr hörte, dann rief ich: „Es muß *einander* heißen, nicht *sich*."

Sie drehte sich herum und fragte: „Wieso?"

Ich setzte mich auf den Rand des Loches und erklärte ihr: „Ist ganz einfach! Es geht doch darum, daß die beiden so tun, als kenne der eine den anderen nicht – daß sie sich selbst kennen, ist doch anzunehmen. Einer den anderen, das heißt einander."

„Prima", sagte sie, „das schreibe ich."

„Bitte!"

Nach einer Weile, ich war schon längst wieder in meiner Höhle, rief sie: „Woher weißt du das?"

„Was?"

„Das mit ‚sich' und ‚einander'?"

„Ach, ich lese manchmal ..."

„Oh", sagte sie und lachte diesmal hörbar. Auch ich in meiner Grube lachte.

Nach ein paar Stunden brachte sie ihre Sachen ins Haus, kam wieder zurück und ging fort. „Tschüs", sagte sie dabei.

Am Abend war mir sehr merkwürdig, so, als ob ich auf eine Grippe oder Mandelentzündung losmarschierte. Mal heiß, mal kalt, kein Appetit und überhaupt keine Ruhe. Eigentlich wollte ich lesen, aber ich stand alle Augenblicke auf, ging in die Küche und sah nach der Uhr.

Schließlich, so gegen neun, warf ich das Buch in die Sofaecke und ging nach unten. Meine Mutter rief mir noch nach, ich sollte mir eine Jacke anziehen, es sähe nach Regen aus, aber ich kehrte nicht mehr um, denn ich war froh, daß ich ohne Fragen losgekommen war. Man durfte ja nach neun nicht mehr auf der Straße sein, wenn man erst siebzehn war, und meine Mutter hatte immer Angst vor Scherereien.

Die Stenokurse wurden in der Mittelschule abgehalten, und eigentlich, wegen der Sperrstunden, mußten sie bald zu Ende sein. Zuerst ging ich auf den Schulhof und drückte mich in eine Ecke, damit mich niemand sah. Aber da roch es so gräßlich nach Schule; diese ekelhafte Mischung aus Dünsten von feuchter Kreide, Bohnerwachs und ranzig überzogenem Butterbrotpapier trieb mich bald in die Mitte des Hofes unter einen großen Baum. Es hatte inzwischen tatsächlich zu regnen angefangen, aber das war angenehm. Die Luft füllte sich mit dem Geruch nasser warmer Lindenbäume und nasser warmer Erde.

Als mir einfiel, daß die Schule auch einen Vorderausgang hatte, lief ich um das Haus herum auf die Straße, wo sie auf jeden Fall vorbeikommen mußte.

Der Regen hörte nicht auf, und langsam wurde ich naß. Aber in der Schule war hinter drei schlecht verdunkelten Klassenfenstern noch Licht.

Einmal kamen zwei Soldaten vorbei und sagten diesen ewigen Quatsch: daß Liebe doch schön sein muß. Für einen Augenblick fragte ich mich, ob dies nun wirklich etwa die Liebe sei, aber dann lachte ich hinter den Soldaten her.

Das Licht ging aus, und sie kamen auf die Straße. Sie machten ein Geschrei, als wäre das nicht warmer Regen, sondern dickes Pech, was da vom Himmel kam. Dann hatten sie eine Weile mit Schirmaufspannen,

Mäntelanziehen und Abschiednehmen zu tun, und sie einigten sich rasch noch, daß die Bunge – das war ihre Lehrerin – doch entschieden komisch sei. Schließlich stoben sie auseinander. Sie kam quer über die Straße direkt auf mich zu, aber sie sah mich erst, als ich mich rührte.

Das war ein schrecklicher Augenblick. Ich weiß nicht, was geschehen wäre, wenn sie auch nur ein bißchen gelacht hätte, so mit der äußersten Nasenspitze.

Sie schob aber nur die Kapuze ihres Regencapes hoch, so daß sie besser sehen konnte. „Du willst wohl noch wachsen?"

Ich sagte: „Ist doch kein Sonnenregen", und auf einmal war mir klar, daß ich in diesem Augenblick unter keinen Umständen irgendwo anders hätte sein können als hier, daß ich, von wo auch immer es hätte sein müssen, hierhergekommen wäre.

„Kommst du ein Stück mit längs?" fragte sie, und ich sagte: „Ja." Wir gingen die bucklige Stiftstraße hinunter, sprangen über Wasserlachen oder tappten auch hindurch, hörten dem Rauschen des Regens zu, sagten nichts, waren allein.

Am Ende der Straße, dort, wo ein Weg über die Wiese hinüber zu ihrer Siedlung führte, blieb sie stehen, sah sich um, knöpfte ihr Cape auf. „Wir können beide darunter gehen."

„Dann wirst du auch naß."

„Ich will eben wachsen."

„Ist doch kein Sonnenregen", sagte ich.

Sie legte mir das Cape um die Schultern, und wir gingen über die Wiese. Der Geruch von nassem Heu hing in dicken Schwaden in der Luft, und selbst der Regen schmeckte danach.

Meine Schulter lag an ihrer, und ich achtete bei jedem Schritt sorgfältig darauf, daß es so blieb.

Mitten auf der Wiese war der Weg überschwemmt. An beiden Seiten war ein Graben und unter dem Weg ein Abflußrohr.

„Warte mal", sagte ich, ließ sie stehen und watete durch das Wasser bis an den Graben. Vor der Öffnung des Rohrs war eine Menge Heu angeschwemmt. Ich räumte es fort, und das Wasser schoß gurgelnd hindurch. Ich hielt meine Arme in den Regen und streifte die Heufäden ab. „Es ist gleich abgelaufen" sagte ich.

Sie hob das Cape an. „Komm wieder unters Dach, Pfadfinder!"

Ich ging zu ihr hinüber und stellte mich neben sie, ohne sie zu berühren. Der Regen trommelte auf den Leinenumhang über uns und in die Lachen um uns herum, aber lauter noch, so schien mir, trommelte mein Herz.

Plötzlich flüsterte sie: „Und sie taten, als kennten sie einander nicht."

Zum erstenmal, seitdem wir von der Schule fortgegangen waren, sah ich sie an. Auf ihrem Gesicht lag der Schimmer des durch Wolken gefilterten und vom Regen gebrochenen letzten Lichtes, und naß war es und schön.

Ich legte meine Hand auf ihre Brust, in all der Angst und Zärtlichkeit, mit der man nach einer Seifenblase greift. Es war die erste und unwiederholbare Begegnung mit etwas Unmöglichem, mit feuchter Glut.

Ich zog an dem Cape, bis es auf den Boden fiel, und legte meinen nackten Arm um ihren Rücken, dorthin, wo er am schmalsten war. „*Sich*", sagte ich, „*sich* muß es jetzt heißen, *sie kannten sich nicht mehr*!" Ihre Lippen schmeckten nach süßem Regen und bitterem Heu.

Dann machte sie sich los. „Komm, ich muß nach Hause, Pfadfinder, Brunnenbauer . . .“

Ich arbeitete vier Tage an ihres Vaters Pumpe, und wir spielten das alte Spiel vom armen Müllerburschen und der stolzen Prinzessin, die einander nicht kennen, solange die Sonne scheint, und doch beieinander liegen in einer jeglichen Nacht.

Dann mußte ich fort in ein Bauerndorf, aber abends traf ich sie, und immer brachte ich ihr etwas mit. Denn das mit dem Pudding am ersten Tage war nicht bloß so dahergeredet gewesen; sie naschte wirklich gern, und was gab es schon zu naschen?

Ich schnorrte bei den Bauern für sie und bekam auch, was ich wollte, denn sonst gab es keine Brunnenbauer weit und breit.

Eines Abends brachte ich sie durch die Stadt nach Hause, und an einer Ecke fiel mir ein, daß ich ein Glas Honig für sie in der Tasche hatte. Ich gab es ihr, und sie dankte mir. Aber dann fragte sie: „Und wann schenkst du mir eigentlich mal Blumen, Pfadfinder?“ Das verstand ich zwar nicht, denn sie hatte Blumen genug bei sich zu Hause, aber ich sagte, das könne sie gleich haben. Ich sprang über den nächsten Zaun und rupfte ein halbes Beet aus.

Sie war richtig erschrocken und sagte, da wohne doch der Kreisleiter.

„Was will der mit Blumen?“ sagte ich und drückte ihr den Strauß in die Arme.

„Komm“, flüsterte sie ängstlich, „wenn der das merkt, läßt er seine Hunde auf dich los!“

„Schade um die schönen Hunde“, sagte ich großspurig und fuchtelte mit der Leuchtpistole, die ich aus lauter Angeberei immer in der Innentasche meiner Windjacke mit mir herumschleppte. „Dann sagt es einfach ganz laut bum, die braven Tierchen fallen um, sie starben an Magnesium."

„Räuber", sagte sie, „Blumenräuber, Wildtöter, Pfadfinder, Dichter . . . Was bist du noch?"

„Brunnenbauer."

Ein paar Tage später war sie zum erstenmal unpünktlich. Sie kam hastig zu unserem Treffpunkt und sagte, sie müsse gleich wieder nach Hause, ihr Vetter sei auf Genesungsurlaub gekommen und wohne jetzt bei ihnen, sie müsse schon anstandshalber heute bei der Familie bleiben, und vielleicht auch morgen, und ich sollte ihr nicht böse sein.

Sie hatte mir schon einige Male von diesem Vetter erzählt, er war Fliegerfähnrich und schien ein Held zu sein. Er hatte bereits vier Abschüsse, allerhand für einen Fähnrich.

Obwohl sich plötzlich irgend etwas in meinen Magen bohrte, erwiderte ich, aber nein, natürlich sei ich ihr nicht böse, es passe mir im Gegenteil sogar recht gut, da würde ich eben gleich noch einmal auf das Dorf fahren und nicht erst so spät.

Sie wollte wissen, was ich um diese Zeit noch auf dem Dorf zu schaffen hätte, aber ich sagte, sie werde es morgen früh schon sehen, sie solle nur auf unser Zeichen achten.

Es war nämlich so, daß ich manchmal etwas von meiner für sie ergatterten Beute auf die Steine in jenes Rohr legte, vor dem wir an unserem ersten Abend gestanden hatten, und ihr dann ein Zeichen gab. Pünktlich um halb acht, wenn sie zur Schule ging und ich zur Arbeit fuhr, schwang ich mich, wenn ein Schatz in der Höhle lag, über den Zaun in unseren Nachbargarten und zog an dem hohen Fahnenmast dort einen weißen Lappen auf, einen alten Unterrock meiner Schwester, und dippte ihn einige Male.

Es war immer ein Riesenspaß, denn wir beide wußten ja, daß das Zeichen mehr enthielt als nur den Hinweis auf die Beute im Rohr. Und wenn es auch nur ein zerschlissener weißer Unterrock war, es war die uralte Fahne aus Sagen und Märchen, und sie rief die uralten Worte über die Wiese, die Worte: „Ich grüße dich, ich wart auf dich, ich liebe dich!"

Gut, sie lief jedenfalls nach Hause zu ihren Eltern und ihrem Vetter, und ich fuhr auf das Dorf und holte ein Glas Sahne, richtige Schlagsahne, um die ich lange hatte schwätzen und feilschen müssen, denn wenn so etwas rauskam, war die Bäuerin dran. Ich versteckte das Glas zwischen den Steinen im Graben, halb im Wasser, so daß die Sahne noch frisch sein würde am andern Morgen, wenn Charlie zur Schule ging.

Am nächsten Tag stieg ich mit dem weißen Lappen über den Zaun und schlich an den Mast. Aber daran hing an diesem Morgen schon eine Fahne, die Reichskriegsflagge. Ich konnte mir zuerst nicht erklären, warum sie da hing, denn es war kein Feiertag, kein Gedenktag, keine Schlacht war gewonnen, und kein Führer hatte Geburtstag. Aber dann fiel mir ein, daß unser Nachbar des öfteren aus eigenen Stücken flaggte. Er war der Direktor des Gaswerkes und Gauredner und seit Kriegsbeginn der Luftschutzkommandeur unserer Stadt. Jedermann bei uns wußte, daß er während des ersten Krieges einen hohen Orden bekommen hatte, weil er allein vierzig Franzosen gefangengenommen hatte. „Und das", wie er immer dazusagte, „trotzdem daß ich vierzig Grad Fieber hatte!"

Er hieß Neese, und irgend etwas von dem Fieber und dem Orden war an ihm hängengeblieben; keiner nahm ihn für voll, und doch hatten alle Angst vor ihm, denn er war ein großer Mann.

Jedenfalls hing jetzt seine Fahne an meinem Signalmast, was auch immer der Grund dafür sein mochte, und auf den Steinen im Graben stand das Glas mit Sahne, und Charlie wartete auf mein Zeichen. Ich holte die Reichskriegsflagge ein und knüpfte den Unterrock an die Leine. Neeses Fahne legte ich über einen Stachelbeerbusch; ich wollte sie dann wieder aufziehen.

Aber dazu kam ich nicht mehr. Ich war gerade munter dabei, meine Sahne-Liebe-Signale in den Himmel zu dippen, als ich scharfe Kommandolaute hörte. Unter anderen Umständen wäre das nur lustig gewesen, denn ich kannte das schon: Der Gasdirektor trieb seine Söhne zum Frühsport in den Garten.

Er hatte drei Söhne, die Paul-Friedrich, Paul-Gerhard und Paul-Oskar hießen, einer strammer und dümmer als der andere. Hin und wieder, wenn es den Alten packte, mußten sie unter seiner Aufsicht ihre Leiber üben. Er trieb sie dann über die Gartenwege, bis sie keuchten, und zum Abschluß mußten sie sich alle drei nebeneinander an die Teppichstange hängen und Klimmzüge machen, bis sie wie faule Pflaumen herunterpurzelten.

Die kamen also jetzt durch die Büsche getobt, während die Reichskriegsflagge zwischen den Stachelbeeren hing und am Fahnenmast ein weißer zerschlissener Unterrock flatterte. Ich rannte geduckt durch den Garten, hinten über die Wiese und im Bogen zu unserem Haus zurück. Dort schwang ich mich auf mein Rad und fuhr zur Arbeit.

Nach Feierabend kam ich seit langem zum ersten Male wieder durch die Blutstraße. Warum ich diesen Weg genommen hatte, wußte ich erst, als ich unter meinen johlenden Freunden im Eingang zu Kaisers Kaffeegeschäft Charlie sah. Sie lächelte mir ein bißchen zu, nur so mit der Nasenspitze, aber ich sah auch ihren Blick auf meine schlammverkrusteten Gummistiefel. Und ich sah den Fähnrich neben ihr, ihren Vetter. Er war schlank, und um den Hals trug er ein gelbes Fliegertuch, und an seiner Brust leuchtete das Eiserne Kreuz.

„Kommst du?" fragte Eddy, der Schornsteinfeger, und ich sagte: „Ja." Es klang heiser, und statt eines Magens schien ich einen eckigen blechernen Kasten im Leib zu haben.

An Neeses Mast wehte wieder die Reichskriegsflagge, und meine Mutter sagte, es habe jemand nach mir gefragt, ein Mann, sie kenne ihn nicht, und er wolle wiederkommen. „Hast du etwas angestellt?"

„Nein", sagte ich.

Ich riß mir beim Waschen fast die Haut herunter und lief, ohne zu essen, aus dem Haus.

Sie standen noch immer in der Blutstraße, auch Charlie und ihr Vetter. Der Fähnrich erzählte von seinem ersten Abschuß und führte den Luftkampf mit den Händen vor. „Hatte schweres Fracksausen", bekannte er mit der Offenheit von einem, der das Eiserne Kreuz hat, „an dem Tag waren gerade zwei von uns abgeschmiert. Aber wenn du oben bist, gilt nur: Schieß oder stirb! Mir hing eine Spitfire im Nacken und fetzte, was das Zeug hielt. Ich manövrierte automatisch, und plötzlich war der Junge vor mir, und jetzt saß ich ihm im Genick. Ich ballerte los, und er machte seine Verbeugung, direktemang in den Himmel, auch wenn es nach unten ging ..." Er ließ seine Hände wie zwei Steine fallen.

Wir hörten und sahen ihm zu, begeistert, auch ich. Und Charlie. Sie hing an seinem Mund und flog mit seinen Händen und hatte Angst mit ihm und atmete auf mit ihm. Und sah ihn an, immer nur ihn, nicht mich.

Einmal fragte ich sie leise, ob sie das Glas gefunden habe, und sie nickte, aber dann war sie schon wieder in der Luft mit ihrem Vetter, dem Helden.

Schließlich hatte er vor unseren und Charlies Augen auch seinen vierten abgeschossen, und er sah auf die Uhr. „Sagt mal, Kinder", fragte er, „müßt ihr nicht langsam verschwinden? Ihr habt doch diese komische Sperrstunde hier, was?"

Als wir abwinkten, sagte er: „Na, wollen mal noch 'n bißchen Ausgang genehmigen. Wenn einer kommt, sagt ihr, ich werbe euch gerade als Freiwillige. – Ulkige Polizisten habt ihr hier: Gestern, ich gehe noch ein paar Schritte mit Charlie durch die Wiesen, kommt doch tatsächlich so ein Nachtwächter zu uns ran und fragt, wie alt denn das Mädel sei! ‚Onkel!' hab ich zu ihm gesagt, ‚Onkel!', weiter nichts. Er hat ein bißchen dran gekaut und ist dann losgeschoben. Kluger alter Mann war das."

Die anderen lachten, nur ich und Charlie nicht. Sie sah mich an, ganz schnell, und dann sah sie wieder fort. „Aber jetzt wollen wir doch lieber gehen", sagte sie.

Ihr Vetter drehte sie zu sich herum und sagte: „Angst? Du hast doch nicht etwa Angst, jetzt, wo ich da bin?"

Sie schwieg, und er sah wieder auf die Uhr.

„Na ja, ist immerhin halb elf durch, Männer, also wegtreten!"

„Es ist noch lange nicht halb elf", sagte ich, ich schrie es fast, und alle sahen mich an.

Der Fähnrich hielt mir seine Uhr vor die Augen und sagte: „Das ist eine Fliegeruhr, mein Sohn, die geht so genau wie die Sterne ..."

„Einen Dreck tut sie", schrie ich, „die einzige Uhr, die genau geht, ist unsere Kirchturmuhr!"

Meine Freunde brüllten vor Entzücken, Charlie sah mich stumm an, und ihr Vetter fragte nachsichtig: „Und du kannst diese sagenhafte Kirchturmuhr jetzt natürlich sehen, was?" Dabei sah er ernsthaft hinauf in den dunklen Himmel.

„Ich kann", sagte ich leise, zog die Leuchtpistole und schoß eine grellweiße Kugel in die Nacht. Der gleißende Stern zischte am Kirchturm empor, an der Uhr vorbei, die zwanzig vor elf zeigte, schien irgendwo ganz oben stillzustehen und senkte sich langsam wieder herab. Er schrieb etwas in den Himmel: Verrat, schrieb er, und Liebe, schrieb er, und Charlie.

Der Turm, die Dächer, die Häuser, der Eingang zu Kaisers Kaffeegeschäft, die ganze Blutstraße lagen in hartem, schmerzendem Licht. Vor mir war Charlies Gesicht. Ich sah es so deutlich wie nie zuvor. Ich sah ihr brennendes Haar, ihre Augen, die jetzt ganz schwarz schienen, ihre Nase, die weiß war im Entsetzen, und ihren Mund, der trocken war, als wären nie schwere, nach bittersüßem Heu schmeckende Regentropfen darüber hingerollt und als hätten meine Lippen nie darauf gelegen. Ich sah ihr Gesicht das letzte Mal.

Denn vor Gericht hab ich nicht mehr zu ihr hingesehen. Der Richter lobte sie und sagte, sie sei ein echtes deutsches Mädel, denn sie hatten alles aus ihr rausgeholt. Und ich schämte mich.

Der Staatsanwalt zählte alles auf: die Blumen vom Kreisleiter und den erbettelten Honig und die Sahne ohne Marken und den Waffenbesitz und die Zeichen über die Wiese. Er erzählte die ganze Geschichte noch einmal, aber wie hörte sie sich jetzt an, ohne das Heu im Graben, ohne die Schularbeiten im Garten, ohne das Cape und ohne den Sonnenregen und ohne das Wort „Pfadfinder ...".

Und den Fähnrich lobte der Richter, weil er mich auf die Polizei geschleppt hatte. Und den Gasdirektor lobten sie, weil er bewiesen hatte, daß ich es war, der die Fahne geschändet.

Die Rechnung, die sie mir machten, war lang, und die Leuchtkugel in den Kriegshimmel war der größte Posten darauf. Alles in allem machte es fünf Jahre, und das war noch milde.

Er zog seinen Mantel fester um sich und schwieg. Die Luft war jetzt voll vom Atem und vom Dunst erschöpft schlafender Männer. Doch immer noch hingen die dünnen Fäden des Milchgeruchs darin. Nur wärmer war es nicht geworden; die Kacheln hielten zuviel vom Frost in sich.

Ich breitete meinen Mantel aus, und wir legten uns schlafen.

Die Trompete

Der Morgen kletterte behutsam über die Mauer und ließ sich leise in den Sand fallen. Es hatte ihn niemand gesehen. Außer Jonas niemand. Jonas lag schon lange wach. Er hatte die Hände hinter dem Kopf verschränkt und sah durch das geöffnete Fenster auf die Giebelwand der gegenüberliegenden Baracke.

Er hatte diesen Morgen ebenso erhofft, wie er gefürchtet hatte, er könnte ausbleiben. So oft schon war er enttäuscht worden, daß er geglaubt hatte, es werde doch noch etwas zwischen ihn und diesen Morgen treten. Verlaß dich auf nichts und auf niemand, das war die Lehre, die er aus seinem Leben gezogen hatte. Aber jetzt war dieser Morgen da, Jonas konnte sehen, wie die Giebelwand gegenüber unter dem Griff der Sonne ganz langsam errötete. Er sah, daß sie kein junges Mädchen mehr war; er sah die Risse in den Brettern und die vielen Flecke, an denen der braune Anstrich nicht mehr gehalten hatte.

Die anderen schliefen noch. Jonas drehte sich vorsichtig auf die Seite und betrachtete ihre Gesichter, die in diesem ersten Licht allmählich erkennbar wurden. Es gab da nichts, was er nicht schon kannte. Er hatte die Schlafenden bei der Arbeit gesehen, keuchend unter nassen Baumstämmen oder hinter einem Schuttkarren, fluchend über die Hitze oder über die Kälte. Er kannte sie beim Kartenspiel, wenn sie eine Brotportion verloren oder gewonnen hatten; er wußte, wie sie einen Witz erzählten und wie sie ein Lied sangen und wie sie brüllten, wenn ihnen einer quer kam; er wußte aus ihren immer wieder hervorgekramten Geschichten von ihren schlechtesten Tagen und ihren besten Nächten. Er kannte sie seit vier Jahren.

Sie schliefen noch. Jonas drehte sich wieder auf den Rücken und betrachtete das Instrument, das über ihm an einem Nagel hing. Es hatte eine Farbe wie der Dachfirst im Sonnenlicht, aber es war glatt, ohne Risse und ohne Flecke.

Als Jonas die Trompete bekommen hatte, waren ein paar Flecke darauf gewesen, aber er hatte sie fortgeputzt. Er hatte dem Koch versprechen müssen, sein Lieblingslied zu spielen, einen schaurigen Fetzen, und dann hatte er etwas bekommen, von dem der Koch sagte, es sei Verlaß darauf.

Die Flecke waren nun fort; noch nie hatte er eine so schöne Trompete gehabt.

Heute war Jonas' großer Tag – er würde wieder Trompete spielen. Es war schon ganz hell in der engen Stube. Lange konnte es nicht mehr dauern, dann würde der Lagerälteste pfeifen, und die Kameraden würden von ihren Strohsäcken hochfahren, würden ihre Witze machen, ohne mit einem Lachen zu rechnen, denn sie wußten selbst, wie alt ihre Witze waren, sie würden zum Waschen drängen und den Tag angehen wie einen vertrauten Trampelpfad.

Jonas wollte das nicht. Dies war kein Tag, den man mißmutig anzog wie ein zu lange getragenes Hemd, dies war sein Tag. Er stieg leise aus dem Bett und zog seine Hosen an; mehr brauchte er nicht, es war Sommer. Er nahm die Trompete und ging auf nackten Sohlen hinaus.

Der Lagerälteste war schon auf dem Weg zum Appellplatz und schlenkerte seine Trillerpfeife. Jonas ging durch den Kopf, daß es das wohl war, was den Ältesten all die Jahre auf seinem Posten hielt: daß andere nach seiner Pfeife tanzen mußten. Ihm bekam das.

Der Lagerälteste begriff nur schwer, was Jonas von ihm wollte, aber dann stimmte er gutmütig zu. Es war jene Gutmütigkeit, mit der der Fleischer daheim Jonas manchmal die Rechnung gestundet hatte: ein Künstler, nun ja! Jonas suchte nach einer passenden Melodie. Zum Wecken blies man ja eigentlich so ein schmetterndes Ruckzuck, aber das wäre nichts anderes als die Trillerpfeife gewesen. Von Ruckzuck hatten die da drinnen alle übergenug, und außerdem waren sie Gefangene und keine Soldaten mehr. Der Lagerälteste wurde schon ungeduldig; er wollte nun etwas hören für seine Gutmütigkeit, und überdies war es Zeit.

Jonas setzte die Trompete an und blies. Er blies „Der Mond ist aufgegangen ...". Er merkte selbst, daß es nicht recht in den Morgen paßte, aber er mochte es, und es war sanft genug. Der Lagerälteste fühlte sich unbehaglich: Hörte sich ja gut an, was der Mann da blies, kannte er auch irgendwoher, aber ein Weckruf war es nicht. Das hatte zu schmettern und die Decken wegzureißen. Am liebsten hätte er Jonas die Trompete fortgenommen oder doch wenigstens ein bißchen dazwischengetrillert, aber er ließ es dann doch hingehen; es war Sonntag, und da war man gut zu allen.

Die anderen steckten die Köpfe zu den Fenstern hinaus und liefen im Hemd vor die Türen. Das Staunen in ihren Gesichtern versöhnte den Lagerältesten wieder mit dem Musiker; er grinste stolz, als habe er sich diese Überraschung ausgedacht.

Jonas ließ den seltsam klagenden und zugleich zufriedenen Schlußton ausschwingen, und da er spürte, daß niemand mit so einem Tagbeginn etwas anfangen konnte, begann er mit einer alten Jazzmelodie. Nirgendwo hätte das zueinander gepaßt, dies „... und unsern kranken Nachbarn auch!“ und die reißenden Töne des Blues, aber hier paßte es.

Jonas schlug mit nackter Sohle den Takt in den taufeuchten Sand des Appellplatzes; er drehte sich in den Hüften und stieß das Instrument hoch in den blassen Morgenhimmel. Er stieg blasend und rückwärts gehend die Treppe zu der kleinen Bühne hinauf, die sie sich gebaut hatten für die Feierabende und die Sonntage. Er ließ das Instrument auf dem fernen Mauerrand aufsitzen und spielte geradenwegs ins Freie. Dann senkte er die Trompete wieder und fuhr seinen Kameraden mit den jetzt ganz hellen Tönen in die Gesichter und in die Haare, er klopfte ihnen auf die Schultern damit und schüttelte ihnen die Hände. Er dankte ihnen. Er hatte ihnen zu danken. Ohne sie hätte er die Trompete nie bekommen. Sie alle hatten schwer dafür gearbeitet, und sie hatten die Trompete und die anderen Instrumente bezahlt, wie es sich gehörte. Es war schwer gewesen, das Geld zusammenzubekommen, denn sie verdienten nur ein paar Pfennige.

Sie hatten lange nicht einsehen wollen, warum der Lohn so spärlich war, und hatten sich sagen lassen müssen, sie seien ja nicht eingeladen worden, in das Land zu kommen, und sie sähen doch wohl selbst, was alles zerschlagen liege. „Wenn daheim einer in eure Wohnung einbricht“, hatte der Kommandant gesagt, „und zertrampelt eure Möbel, und ihr faßt ihn und stellt ihn an, die Sachen wieder herzurichten, werdet ihr ihn bezahlen?“

Immerhin, ein wenig bekamen sie über das Essen hinaus, sie konnten sich Zigaretten kaufen oder Tee oder, wenn ein paar von ihnen zusammenlegten, eine Flasche Schnaps. Als freilich die Antifa-Leute vorgeschlagen hatten, man solle von dem Geld für ein Orchester sammeln, hatte es Krach gegeben, wie zuerst immer, wenn die etwas sagten.

Aber die Antifa-Leute hatten keine Ruhe gegeben, bis sie doch gesammelt hatten, dreitausend Monatslöhne, und nun hatten sie ein Orchester, und Jonas hatte eine Trompete.

Jonas setzte das Instrument ab und schwenkte es, als die anderen bravo riefen. Er versprach ihnen mehr davon beim Konzert am Nachmittag, und sie verliefen sich in die Waschräume.

Nach dem Appell kamen sie mit ihren Wünschen. Zuerst versuchte er noch, sich alles zu merken, dann aber gab er es auf; er hätte vier Wochen lang spielen müssen. Er sagte ihnen, sie hätten doch ein ganzes Orchester, und fragte, wozu sie da für Pauke und Klavier gespart hätten, wenn sie nur Trompetensoli hören wollten.

Aber das war nun so: Er hatte sich zum Solisten gemacht. Er hatte es vorher nie geschafft, und ausgerechnet hier war es ihm gelungen. Doch, er hatte schon immer davon geträumt, Solist zu werden, aber wo war dieser Traum geblieben?

Während der Ausbildung und auch später in den kleinen Kaffeehausorchestern Hamburgs hatte er immer daran gedacht. Sein Vater hatte Geld hergeben müssen, das er selbst gebraucht hätte für sich und die Mutter, und Jonas hatte gesagt, es werde sich auszahlen, er werde einmal genug verdienen für sie alle.

Aber dann war das Jahr gekommen, in dem das Horst-Wessel-Lied zur Hymne des Staates wurde und in dem seine Mutter ihm gesagt hatte, daß sie, ginge es nach dem Willen der neuen Herren, gar nicht seine Mutter sein dürfte. Sie hatte nur zu bald gemerkt, wie sehr es nach deren Willen ging, und den Gashahn aufgemacht, als sie eine Nacht allein gewesen war. Die Nachbarn hatten nie erfahren, warum: seelische Depression, hatte es geheißen, das kam in den großen Städten öfter vor. Schon gar in dieser Zeit.

Jonas und sein Vater waren fortgezogen, immer wieder, und wenn man so will, hatten sie Glück gehabt, man war ihnen nicht draufgekommen auf die jüdische Frau und Mutter. Natürlich war er ausgeträumt, der Traum vom Solo. Solo, das hätte einen Platz im hellen Licht an der Rampe bedeutet und Aufmerksamkeit und tödliche Fragen.

Jonas hatte sich hinter den Notenständern verkrochen und keinen Ton lauter, keinen heller oder sanfter geblasen, als es einem zweiten Trompeter in einer kleinen Kapelle zukam. Er war einer von denen geworden, die durchs Leben gingen, ohne auffallen zu dürfen, die noch durchs Leben gingen, weil sie nicht auffielen. Und als sie eines Tages wollten, daß er in ihre Musikkammer eintrete, war er in eine andere Stadt gegangen und Bote für ein Warenhaus geworden. Da verlangten sie noch keinen Ahnenpaß.

Er war nie zur Ruhe gekommen, denn wie lange konnte so etwas schon gut gehen? Irgendeiner in irgendeiner Registratur hatte nicht aufgepaßt, und darum war Jonas noch nicht eingefangen worden, aber das konnte doch nicht gut gehen. Als der Krieg kam, mußte es sich entscheiden. Nichts hatte sich entschieden. Sie hatten ihn geholt, ihn gewogen und gemessen und ihn groß genug für die Uniform gefunden. Niemand hatte weiter nach seiner Mutter gefragt; auf den ersten Blick war da auch nicht viel zu fragen, sie hatte Charlotte Meyer geheißen, und das war ja wohl kein besonderer Name.

Jonas war Soldat geworden. Und wenn ihm auch bewußt war, welcher Widersinn darin lag, daß ausgerechnet er ein Gewehr der Mörder seiner Mutter trug, so hätte er doch nicht zu sagen gewußt, wie er das hätte verhindern sollen. Er dachte nur daran, daß sie auch sehr leicht seine Mörder werden konnten, und er glaubte, die einzige Möglichkeit, ihnen zu entgehen, sei, ihnen zu gehorchen. Er vermied jeden Eifer und jeden Widerstand; er blieb in der Mitte, unauffällig und brauchbar. Einmal hatte sein Vater ihm geschrieben, daß er die Trompete bei einer Altmetallsammlung hatte hergeben müssen, und Jonas hatte auch das ohne sichtbare Regung hingenommen. Was sollte er jetzt noch mit einer Trompete?

Doch nun hatte er eine neue bekommen, hier in diesem Lager.

Jonas hatte sich mit seinen Kollegen für den Vormittag verabredet; sie wollten noch ein wenig üben. Das mußten sie schon, denn sie hatten die Instrumente erst kurze Zeit, und es war lange her, daß sie gespielt hatten.

Sie scheuchten die Neugierigen fort, die sich an der Bühne einfanden; sie benahmen sich wie Mütter, die den Weihnachtskuchen backen. In der Woche hatten sie ungestört üben können; sie waren von der Arbeit befreit worden, und das Lager war tagsüber leer gewesen. Nur die Kranken hatten aus den Fenstern der Revierbaracke gesehen, und die Posten hatten sich über ihre Gewehre hinweg aus ihren Türmen gelehnt. Die Musiker klopften Jonas anerkennend auf den Rücken; er hatte sie gut eingeführt. Nur der Waldhornist lächelte etwas sauer; er war Waldhornist an der Staatsoper gewesen, und er dachte, es geht schon wieder los, Geige und Trompete, aber wer fragt nach dem Waldhorn? Sie änderten die Sitzordnung für den Nachmittag und gaben Jonas einen Platz an der Rampe. Dort würden ihn die anderen sehen wollen.

Jonas konnte das immer noch nicht glauben. Hatte er nicht Angst vor diesem Tag gehabt? Hatte er ihm nicht mißtraut, weil er sich etwas von ihm versprochen hatte? Da hatte er – zum ersten Mal eigentlich – heute morgen etwas getan, was ihm nicht befohlen worden war, was er ganz allein gewollt hatte, und schon holten sie ihn aus der Ecke, in die er sich verkrochen hatte, und stellten ihn an die Rampe.

Er hatte auch im Lager niemandem etwas von seiner Vergangenheit erzählt; er hatte sich auch hier verschlossen in die unauffällige Mitte gestellt und höchstens von der Arbeit oder der Suppe gesprochen. Niemand wußte hier von seiner Mutter. Davon war nicht gut reden.

Als er an der Weichsel in Gefangenschaft geraten war, hatte er den Kopf zwischen den Schultern behalten und den schlurfenden Schritt der Lager aufgenommen. Es war für ihn immer merkwürdig gewesen, wenn die anderen von einem der polnischen Offiziere oder von einer Ärztin gemunkelt hatten, das seien Juden. Sie hatten so gar nichts mit seiner Mutter zu tun.

Und die Reden der Kameraden waren, auch lange nachdem sie den Adler von der Uniform getrennt hatten, noch nicht so gewesen, daß er aus dem Rauch hätte treten mögen und sagen, seine Mutter sei Jüdin gewesen. Er hatte geschwiegen, er wollte das alles vergessen. Dann waren sie in dieses Lager gekommen, in der Stadt Warschau, und man hatte ihnen gesagt, die Wüste dort hinter der Mauer sei einmal das Ghetto gewesen, das sie zerstört hätten, und sie sollten es sich gut ansehen.

Hier und da hatte es auch einen Tritt gesetzt, und einmal hatte ein Mann Jonas die Hand vor das Gesicht gehalten und ihn gefragt, ob er wisse, was die Nummer da in der Haut über dem Gelenk bedeute. Jonas hatte nichts gesagt, und der Mann hatte vor ihm ausgespien und gesagt, er sei Jude und Jonas sei ein Nazi. Jonas hatte geschwiegen; was hätte er sagen sollen, er trug die Uniform.

Jonas ging nach der Probe in seine Baracke zurück und fragte nach Post. Die Lagerleitung hielt von der Wochenmitte an die Post immer zurück und gab sie am Sonntagmorgen aus. „Statt Gebäck“, sagte der Älteste. Jonas hatte einen Brief von seinem Vater. Weiter schrieb ihm niemand. Frauen hatte er kaum gekannt. Er hatte sich auch vor ihnen verkrochen, seitdem ihm ein Mädchen, das er sehr gern gehabt hatte, von Heirat und vom Ahnenpaß gesprochen hatte.

Der Vater schrieb, es gehe jetzt schon besser, er werde nun wohl in Wuppertal bleiben und Jonas solle bald kommen. Arbeit werde er schon finden, wenn wohl auch vorerst nicht als Musiker, da müsse er schon sein eigenes Instrument mitbringen. Hab ich, dachte Jonas, und er sehnte sich plötzlich, obwohl er gar nicht mehr so recht wußte, wo das lag, nach seinem Zuhause.

Er war immer voll Mißtrauen, wenn die Antifa-Leute sagten, daheim sei jetzt alles anders, vor allem würden sie jetzt frei sein dort, und sie seien ja nun wohl belehrt genug, daß sie, kämen sie nach Hause, dafür sorgten, daß es auch so bliebe. Jonas hörte ihnen aufmerksam zu, denn sie brüllten nicht und kamen ihm statt mit Befehlen mit Argumenten, und diese neuartige Methode, mit ihm umzugehen, hatte ihn immerhin schon so weit gebracht, daß er nachdachte über das, was sie sagten, und daß er manchmal sogar schon mitdachte, aber eben nur dachte. Am schwierigsten war ihnen zu folgen, wenn sie von Freiheit sprachen. Er hatte diese Welt nur von der schlechten Seite her kennengelernt, und Zwang schien ihm alles, was von außen kam. Und doch hätte er es gern einmal probiert mit dieser Freiheit, von der er noch ebensoviel wußte wie von einem Zuhause. Und mit der Trompete – das hatte sein Vater ja deutlich geschrieben – würde er schon zurechtkommen. Der Brief enthielt einige Papiere mit Stempeln vom Bürgermeister und von einer Kommandantur. Jonas wurde da bescheinigt, daß er Halbjude und verfolgt worden sei, und der Vater schrieb dazu, er solle das bei den Lagerbehörden vorzeigen, man habe ihm gesagt, dann werde sein Sohn sofort entlassen.

Jonas lächelte über seinen Vater: Verdankten sie beide ihr Leben nicht gerade der Fehlbarkeit einer Behörde, und jetzt sollten sie an die Unfehlbarkeit eines Stückes Papier glauben? Und ein wenig war ihm auch unbehaglich bei dem Gedanken, er solle sich mit Hilfe dieses Papiers, auf dem zu lesen stand, er sei verfolgt worden, aus dem Lager auslösen, in das er doch nur gekommen war, weil er, wenn auch gezwungen, ein Verfolger gewesen war. Denn das sollten die Leute vom Antifa-Block nur nicht glauben, daß er nicht verstand, was sie sagten, nur weil er schwieg. Vielleicht, so dachte Jonas, hatte er viel schneller als die meisten begriffen, warum ihre Gefangenschaft unter anderem eine Sache der Gerechtigkeit war, vielleicht hatte er es gerade deshalb so schnell begriffen, weil er nicht nur Unrecht getan, sondern auch Unrecht erduldet hatte. Aber dann wischte er diese schwierigen Gedanken fort; es war genug, daß er sich mit seiner neuartigen Stellung an der Rampe befassen mußte, und soweit er sehen konnte, hatte das mit Recht oder Unrecht und mit Freiheit oder Unfreiheit nichts zu tun und auch nicht mit den Antifa-Leuten und den anderen.

Als er merkte, daß sich zu diesem Gedanken ein vager Widerspruch regen wollte, warf er den Brief mit den Papieren ärgerlich auf sein Bett und griff nach der Trompete; er hatte schließlich noch mehr zu tun, als sich Spitzfindigkeiten auszudenken und ihnen dann mit anderen zu begegnen, und er nahm sich vor, bei Gelegenheit vielleicht einmal darüber nachzudenken, wie es eigentlich kam, daß sich seit einiger Zeit in seinem Kopfe, von dem er beinahe schon nicht mehr gewußt hatte, so etwas wie ein Debattierklub aufgetan hatte.

Er steckte das Mundstück auf das Instrument und wog die Trompete in seinen Händen, und er dachte, damit immerhin mochte sein Vater recht haben: Mit dem eigenen Instrument würden sie ihn nehmen. Er konnte sich gut vorstellen, daß so ein Gegenstand jetzt seinen Wert hatte, und damit auch der Mann, der ihn besaß.

Die anderen saßen noch über ihrer Post und tauschten Neuigkeiten aus. Der Büdner aus Mecklenburg las ihnen die Stelle aus seinem Brief vor, wo seine Frau klagte, sie werde schwer allein fertig mit der neuen Wirtschaft und den Kindern, er solle rasch heimkommen. Er ließ die Bilder, die seine Frau mitgeschickt hatte, reihum gehen und schüttelte immer wieder den Kopf: So groß waren die Kinder auf den Bildern.

Johannes, ein Buchhalter aus Köln, sagte gar nichts. Er war ganz blaß und sah angestrengt an die Decke, als könne er nicht auf den Fehler in seiner Bilanz kommen. Erst als sie ihn fragten, zeigte er ihnen den Brief. Er stieß mit dem Finger auf eine Stelle. „Von meiner Frau", sagte er. Sein Nachbar nahm den Brief und las: „Hier kriegen jetzt alle Frauen Kinder. Ich auch." Der Köllner bekam seinen Brief wieder, und zuerst sagte keiner etwas. Aber dann schrien sie los und schimpften auf die Weiber und auf den Krieg und auf alles, und sie waren sich darin einig, daß es höchste Zeit mit dem Nachhausekommen sei. Einer sagte, es würden jetzt Listen aufgestellt von denen, die als erste fahren sollten, und vielleicht habe man Glück. Andere sagten, zuerst kämen die Alten und Kranken und die ganz Jungen und die Antifaschisten, soweit es davon hier noch welche gäbe, an die Reihe.

Jonas saß ganz still da. So weit war er nie fort vom Leben gewesen, daß er nicht gewußt hätte, was es bedeutete, wenn ein Mann mehr als vier Jahre nicht daheim gewesen war und seine Frau ihm schrieb, sie bekomme ein Kind.

Während die anderen ihre Gebrechen herzuzählen begannen und so ihre Chancen überschlugen, wurde es Jonas ganz klar, daß er nun doch sehr schnell nach Hause mußte. Er brauchte keinen solchen Brief zu fürchten, aber es schien dort schon wieder alles durcheinanderzugehen, und wenn er jetzt nicht heimkam, wer weiß, wie es später sein würde. Noch war Zeit, sie würden ihn nehmen, er hatte ja seine Trompete.

Er nahm hastig den Brief mit den Papieren und die

Trompete und ging durch das Lager nach vorn, wo das Komitee saß.

Dort hockten sie über Papieren und sahen übernächtig aus. Sie hatten in den letzten Wochen viel zu tun gehabt; sie mußten sich mit ihren Kameraden herumschlagen, die nur widerwillig lernten, und sie mußten immer alles mögliche organisieren. Die Sache mit dem Orchester zum Beispiel oder jetzt diese Listen. Der Kommandant hatte ihnen gesagt, sie sollten das selbst machen, sie sollten verantworten, wer zuerst nach Hause führe. Das war eine Bürde, denn Kranke und Alte und Junge gab es genug, mehr als auf diese erste Liste gingen. Sie sollten gerecht sein, hatte der Kommandant gesagt, aber es zeigte sich, daß die Gerechtigkeit tausend Seiten zu haben schien oder auch dreitausend, wenn dreitausend auf die Liste wollten.

Sie begrüßten Jonas freundlich, denn sie hatten ihn am Morgen auch gehört, und sie freuten sich auf das Konzert am Nachmittag. Das war wieder ein Sieg. Jonas dankte ihnen verlegen und sagte, er komme wegen der Entlassung. Als er sah, daß ihre Gesichter verschlossen wurden – sie wurden immer verschlossen, wenn einer damit kam, denn es war immer das gleiche Lied, und es machte keinen Spaß, nein zu sagen –, legte Jonas den Brief auf den Tisch.

Der Komiteeleiter griff danach, obwohl er dachte, daß darin nichts anderes stehen würde als in all den anderen Briefen auch, und er legte das Schreiben von Jonas' Vater fort, als er die Papiere sah. Er überflog sie und reichte sie dann weiter.

„Mensch“, sagte er zu Jonas und stand auf, „du bist gut, warum hast du das nicht gleich gesagt, beinahe wäre der Transport ohne dich ab ...“

Die anderen lasen, und dann sagten sie, das sei ja klar, Jonas könne sich schon immer einen Koffer besorgen.

„Schade", sagte der Leiter, „da hätten wir beinahe einen guten Trompeter gehabt, und nun geht er." Als er sah, daß Jonas verwirrt den Blick senkte, fügte er beruhigend hinzu: „Aber fahr du man, du hast wohl lange genug stillhalten müssen."

Jonas wollte schon gehen, als ihn einer vom Komitee fragte, ob er denn wisse, wem er die Trompete übergeben könne. Aber gut müsse er sein, nach Möglichkeit so gut wie Jonas. Jonas blieb an der Tür stehen und fragte tonlos:

„Die Trompete . . .?"

„Ja", sagte der Leiter, „ach so, das kannst du wohl nicht wissen. Also, wir haben das vorhin gerade besprochen: Die Instrumente sind von allen bezahlt, sie gehören also allen. Aber natürlich werden wir sie nicht in Stücke zerlegen und jedem seinen Teil geben, wenn er nach Hause fährt. Nein, sie bleiben in den Händen der Musiker, die sie spielen. Wird einer von denen früher entlassen, so übergibt er das Instrument seinem Nachfolger; wir brauchen ja unsere Kapelle. Gut, und wer zuletzt fährt, darf sein Instrument behalten. Das ist doch wohl gerecht."

Jonas sagte gar nichts. Er hielt seinen Brief und die Trompete in den Händen, als wöge er sie. Mit der Trompete war er heute morgen aus seiner Ecke herausgekommen, und der Brief war ein Fahrschein nach Hause und in die Freiheit. Aber dort wollten sie ihn nur mit der Trompete, jedenfalls wenn er wieder Musiker werden wollte, und seit diesem Morgen heute schien es ihm undenkbar, daß er sich je wieder durch irgendwen oder irgendwas daran hindern lassen würde, doch noch einmal ein Musiker zu werden, ein guter Musiker. Wie lange würde es dauern, bis er sich in einem anderen Beruf so viel Geld zusammengekratzt hatte, daß er das teure Instrument bezahlen konnte, und was konnte er schon für andere Berufe? Nein, er mußte mit der Trompete nach Hause kommen. Aber das war schon richtig, sie gehörte ihm gar nicht.

Wieso hatte er eigentlich gedacht, daß sie sein sei? Niemand hatte ihm gesagt, hier, nimm die Trompete, sie gehört dir. Ja, von Spielen war die Rede gewesen, aber nicht von Behalten. Genaugenommen hatte er auch an Behalten erst gedacht, nachdem er im Brief seines Vaters von der Mitgift gelesen hatte, ohne die er keine Stelle finden würde. Vorher, als er im feuchten Sand gestanden und den seltsamen Weckruf geblasen hatte, und gleich danach, als die anderen mit ihren Wünschen gekommen waren, war es noch anders gewesen. Gut, da hatte er auch *meine* Trompete gedacht, aber dieses *mein* hatte nichts von Besitz und Eigentum an sich gehabt, es war so ein „mein" wie in *meine* Arbeit oder *meine* Aufgabe gewesen, genau konnte er das noch nicht fassen, aber er ahnte doch, daß es einen Unterschied zwischen „mein" und „mein" gab.

Durch das geöffnete Fenster der Verwaltungsbaracke hörte er Hämmern und Rufen – die Bühne bekam den letzten Schliff für das Konzert am Nachmittag.

Jonas' Verwirrung wuchs, als er an sein künftiges Publikum, seine Kameraden, dachte.

„Ich spiel euch alles", hatte er ihnen vorhin gerade gesagt, „wir haben ja noch Zeit miteinander, nicht?"

Und irgendeiner hatte gesagt, ja leider, aber vielleicht würde sie einem mit der Musik etwas kürzer. Zum erstenmal hatte er das Gefühl gehabt, daß er ihnen etwas bedeute, und wenn es nicht ungerecht gegen seinen Vater und seine Mutter gewesen wäre, so hätte er beinahe meinen können, daß er zum erstenmal überhaupt jemandem etwas bedeutete.

Er hatte überlegt, was er ihnen spielen wollte, all die Sachen, die sie gar nicht mehr kannten. Er kannte sie noch, er hatte sie immer in seinem Kopf gehabt in all den Jahren. Und dadurch war er heute morgen etwas gewesen; in alten Drillichhosen und auf bloßen Füßen hatte er im feuchten Sand gestanden und war etwas gewesen, weil er etwas für sie aufbewahrt hatte und weil er seine Trompete hatte. Nein, ihre Trompete.

Sie hatten ihn angesehen wie sein Vater damals, als er die Prüfung bestanden hatte. Sie hatten für ihn die Trompete gekauft, und er hatte ihnen etwas gespielt, so gut er nur konnte. Und sie und er waren zufrieden und eins gewesen. Jetzt konnte er heimgehen und würde frei sein. Er würde sagen können, was mit seiner Mutter gewesen war, und würde sich nicht mehr ducken müssen. Und er würde wieder Musik machen und vielleicht doch noch ein guter Trompeter werden können.

So wie er heute morgen in den Tönen seines Weckrufes gehört und in den Gesichtern seiner Kameraden gesehen hatte, daß immer noch große Musik in ihm steckte, daß niemand und keine Zeit sie umzubringen vermochte, so spürte er jetzt, daß die Sehnsucht nach einem geschützten Zuhause und nach einem Leben ohne Demütigung und ohne Furcht nie aufhören würde, in ihm zu sein. Was er für Beton gehalten hatte, diese Mauer zwischen sich und den anderen, zwischen dem, was er mußte, und dem, was er wünschte und ersehnte, hatte sich als brüchiger Lehm erwiesen, sie war fortgeblasen, wie jene Mauer von Jericho, und er konnte nun gehen, frei und nach Hause.

Aber sein Vater hatte geschrieben, ein Instrument müsse man haben. Jonas wog den Brief und die Trompete in seinen Händen, und dann ging er zur Tür hinaus. Die Leute vom Komitee sahen ihm verwundert nach – sie waren anderes gewöhnt von denen, die auf die Liste gesetzt wurden.

Jonas ging auf die Lagerstraße hinaus und dachte, wenn er jetzt so sein könnte wie die, die ihn immer herumgestoßen hatten, dann wäre die Sache ganz einfach. Er würde alles andere beiseite räumen und ganz kühl rechnen wie die und sich sagen: Was ich hier habe, das habe ich; was ich dort finde, das weiß ich nicht; aber wenn ich von hier etwas mitbringe, dann werde ich auch dort etwas finden. Wenn er jetzt so sein könnte, wie die anderen immer gewesen waren, dann würde er sich sagen, daß er die paar Monate, die er hier noch warten müßte, absitzen könnte, immer hübsch mit der Trompete in der Hand, bis sie ihn entlassen würden, ihn und seine Trompete. Aber Jonas wußte, daß er das gar nicht konnte. Er hatte so übergenug von all der Berechnung, von diesem Nur-noch-um-die-nächste-Ecke-Kommen, von diesem giftigen „Verlaß dich auf nichts und niemand außer dir", er hatte genug auch vom Betrug.

Denn das wußte er, und er dachte es zu Ende, auch wenn die schwierigen und ineinander verstrickten Gedanken ihm fast das Hirn zerrissen: Wenn er die Mörder seiner Mutter betrog, indem er ihnen diente, so betrog er sie um sein Leben; aber wozu, für wen sollte das gut gewesen sein, wenn er jetzt nicht aufhörte damit? Für ihn? Nein, wenn er jetzt nicht Schluß machte mit der Verstellung, jetzt, da ihm das Recht dazu genommen war, dann würde er nie mehr etwas anderes werden als ein gehörloser und sprachloser und fühlloser Krüppel; er würde sein Leben verloren haben, weil er nicht rechtzeitig aufgehört hatte, einen Toten zu spielen. Wenn er jetzt nicht bei den anderen blieb, die ihm sein Leben wiedergegeben hatten, indem sie etwas von ihm angenommen hatten, dann würden die Mörder seiner Mutter doch noch gewonnen haben, und zu aller Schuld, mit der er beladen war, würde die eine unsühnbare hinzukommen, daß er sich schließlich hatte von ihnen besiegen lassen.

Vor den Baracken standen die Kameraden und putzten an ihrem Zeug herum. Sie grüßten ihn laut und freundlich. Sie kannten ihn plötzlich alle, und alle hatten Wünsche an ihn.

„Jonas!" riefen sie, sie kannten sogar seinen Namen. Sie sagten, er solle nur ja recht viel Luft mitbringen heute nachmittag, und, verdammt noch mal, die Arbeit und diese lästige Sammlung schienen sich ja wirklich gelohnt zu haben, was?

„Klar", sagte Jonas, und er brachte es so heraus, als habe er sein Leben lang „klar" gesagt.

Er ging noch einmal zum Komitee.

„Setzt mich noch nicht auf die Liste", sagte er, „ich bleibe noch."

Als er sah, daß der Leiter ihm die Hand schütteln wollte, verzog er das Gesicht und sagte schnell: „Es ist nur wegen der Trompete!"

„So", sagte der Leiter.

„Na ja", sagte Jonas, „was denn sonst?" und ging schnell hinaus.

Kleine Schachgeschichte

Sie sagen das so: Beim Schachspielen soll man immer nur ans Schachspielen denken! Wenn das so einfach wäre! Ich hab schon erlebt, daß meine Gedanken ständig auf Wanderschaft in alle Himmelsrichtungen gingen, obwohl ich eigentlich meinen ganzen Grips nötig gehabt hätte, um das Spiel zu gewinnen. Jawohl, mein Lieber, ich hatte es nötig zu gewinnen, mächtig nötig sogar.

Nein, natürlich ging es nicht um Geld, wer spielt denn schon um Geld Schach? Es ging um ganz was anderes, um viel mehr, sage ich Ihnen.

Ach, das ist eine ziemlich umständliche Geschichte. Wir waren damals im Lager, wissen Sie. Schachspielen war uns der Ersatz für fast alles, was man sonst treibt, wenn man nicht gerade arbeitet, ißt oder schläft. An Kino, Theater, Radio, Bücher, Sport oder gar Liebe war noch kaum zu denken; der Krieg war knapp vorbei, und die Polen, bei denen wir im Lager saßen, hatten andere Sorgen als die Freizeitgestaltung für deutsche Kriegsgefangene. Aber das ist wohl so mit dem Menschen: ohne ein Spielchen dieser oder jener Art kann er auf die Dauer nicht auskommen. Manche spielten ja auch Skat oder Mühle oder Mensch ärgere dich nicht, aber das waren eigentlich nur wenige, und wenn irgend jemand meint, der Dauerskat gehöre zum deutschen Nationalcharakter, bei uns im Lager hätte er sich eines anderen belehren lassen können. Nein, die meisten spielten

Schach, das war doch mehr als nur ein Mittel, die Zeit totzuschlagen.

Schach war Trumpf, wenn Sie diesen vermanschten Ausdruck erlauben wollen, und da hätte mal einer so eine Stunde nach Feierabend, wenn alle sich gewaschen hatten und satt waren, in die Baracke kommen und vielleicht „Weißer Holunder“ oder so was grölen sollen – o wie schnell der wieder draußen gewesen wäre!

Um diese Zeit saßen wir nämlich schon alle an den Brettern, und wer nicht saß, der stand dabei und hielt den Atem an, denn immer und überall ging es um Barakken-, um Block- oder Lagermeisterehren.

Am Tor hatten wir eine große Schautafel angebracht, und wenn abends die Kommandos nach Hause kamen – nach Hause ist übrigens gut –, also wenn wir von der Arbeit kamen, blieben wir immer zuerst an der Tafel stehen, um uns an der Meisterschaftstabelle unsere Chancen auszurechnen.

Dann aber kam eine Zeit, da wurde einigen von uns diese Tafel zu einem Dorn, der ganz ekelhaft ins Auge pikte.

Natürlich, das ist nicht so ohne weiteres zu verstehen, das muß ich erklären: Sehen Sie, ein paar von den dreitausend Männern, die da im Lager saßen, waren nämlich eines Tages daraufgekommen, daß Schachspielen zwar eine gute Sache sei, die den Geist schön blank scheuert, daß man aber andrerseits vielleicht doch noch Nützlicheres mit der Zeit anfangen könne. Die fingen nun plötzlich an, Politik zu machen – und der Friede war hin, sage ich Ihnen.

Ich sehe, Sie nicken mit dem Kopf, Sie teilen die Empörung über die Friedensstörer; diese Schachatmosphäre, von der ich Ihnen erzählte, war so recht nach

Ihrem Herzen, und Sie meinen, wir hätten ruhig dabei bleiben sollen, nicht wahr?

Ich muß Ihnen einen noch größeren Schmerz antun, denn ich, Ihr ständiger Donnerstagabendpartner, war damals einer von diesen Kerlen, die das Schachspielen plötzlich mit scheelen Augen ansahen.

Wie ich dazu gekommen bin, das ist schon wieder eine andere Geschichte, die gar nicht hierhergehört; es genügt, zu wissen, daß ich der weitaus jüngste unter den sechs Kriegsgefangenen war, die eines Tages den „Antifa-Block Arbeitslager Warschau" gegründet hatten und fast über Nacht aus eifrigen Anhängern zu grimmigen Gegnern des Schachspiels geworden waren.

Nein, ich glaube nicht, daß Schachspiel und Politik prinzipiell unvereinbar sind, aber damals, das war, wie man so sagt, eine besondere Situation.

Wir vom Antifa-Block hatten uns nämlich klargemacht, daß unsere Politik so lange eine ganz schäbige, unfruchtbare Sache bleiben müßte, solange sie nur von uns sechsen gemacht würde. Wenn etwas Ordentliches daraus werden sollte, müßten alle mitmachen, dachten wir – und da eben kam uns das Schachspiel in die Quere.

Wir flogen zuerst nicht nur regelmäßig aus den Baracken heraus, wenn wir am Sonntagmorgen oder nach Feierabend auftauchten, um die Kumpels, die sich gerade mit einem Damenopfer oder einer Pattdrohung abquälten, über die internationale Lage oder die Quellen des Mehrwerts aufzuklären, viel schlimmer noch – sie setzten uns mit ihren Schachspielerfahrungen matt.

Aber das kann man nur verstehen, wenn man weiß, daß das Schachfieber zu jener Zeit gerade seinen Höhepunkt erreicht hatte und es außer uns kaum jemanden gab, den es nicht gepackt hielt. Sie wissen ja, wie das ist, wenn man zuviel gespielt hat, man denkt nur noch in Schach: Das karierte Hemd eines Vordermannes beschwört die Vision eines wunderbaren indischen Gambits herauf, die Gedanken bewegen sich nur noch im Rösselsprung, und beobachtet man, wie zwei Leute aneinander vorübergehen, so sagt es im Hinterkopf: Rochade.

Und noch etwas müssen Sie wissen, um unsere mißliche Lage begreifen zu können: Der Ausgang jeder Mannschaftsmeisterschaft stand eigentlich immer von vornherein fest, es gab nur einen Favoriten, und das war die Mannschaft der Offiziere. Das hatte zwar ganz natürliche Gründe – Sie brauchen ja nur daran zu denken, daß die meisten dieser ehemaligen Lehrer, Rechtsanwälte und Landräte schon viel länger im Training waren als all die Maurer und Landarbeiter und Chauffeure, die doch die Masse der einfachen Soldaten und jetzt Gefangenen ausmachten, und außerdem müssen Sie nur wissen, daß die Offiziere nicht, wie wir anderen, arbeiteten, sondern als Lagerfeuerwehr eingesetzt waren und den ganzen Tag lang über den Brettern hockten; aber Gründe hin, Gründe her, wenn wir behaupteten, es sei jetzt an der Zeit, selber die Politik zu bestimmen – „unser Geschick in die eigenen Hände zu nehmen", sagten wir wohl –, oder wenn wir einen künftigen Staat der Arbeiter und Bauern beschworen, dann hörten wir immer wieder das gleiche Argument: „Die Arbeiter sind zu dumm dazu, das lehrt nicht nur die Geschichte (Ach, hör auf, was gehn uns die Russen an!), das lehrt uns nicht zuletzt das Schachspiel. Seht euch doch nur einmal die Tabellen an: Offiziere gegen Baracke VI – 10:0, Offiziere gegen Baracke II – 10:0, Offiziere gegen Baracke IV – 8:2, na ja, ein blindes Huhn findet auch ein Korn. Schach ist die beste Probe auf die Intelligenz, und die Offiziere liegen vorn, so ist's und so bleibt's, im Schach und auch in eurer dämlichen Politik!“

Dies meinte ich, als ich sagte, unsere Kameraden setzten uns mit ihren Schachspielerfahrungen matt.

Was half es, daß wir etwas von Umweltbedingungen und historischen Vorurteilen erzählten, Tatsachen sind ein hartnäckig Ding, und Tatsache war, daß wir es mit einem Haufen Schachfanatiker zu tun hatten und daß die Offiziere jedes Spiel gewannen.

Da brachte Hans seine Beschlußvorlage ein – o ja, so etwas hatten wir damals schon! Hans beantragte nicht mehr und nicht weniger, als daß wir, die Mitglieder des „Antifa-Blocks Arbeitslager Warschau“, das nächste Lagerturnier zu gewinnen hätten. Er begründete das mit einer langen Ansprache, in der sehr viel von „den Feind mit seinen eigenen Waffen schlagen“, von „Belehrung der Massen an Hand ihrer eigenen Erfahrungen“ und immer wieder von „den Erfordernissen des Klassenkampfes“ die Rede war.

Ja, Sie haben gut grinsen, aber uns war gar nicht danach, wir diskutierten das Problem mit heiligem Ernst.

Mir leuchtete die Sache ja ohne weiteres ein, so etwas war gerade das Richtige; ich glaube, wenn es die „Erfordernisse des Klassenkampfes“ verlangt hätten, ich hätte mich auch darangemacht, Aztekisch oder den indischen Seiltrick zu lernen. Aber die anderen ...

Florian war der Schlimmste. Florian war ein Gießereiarbeiter aus Würzburg. Sie hätten ihm das nicht angesehen, diesen schweren Beruf, meine ich, Sie hätten ihn vielleicht für einen alten Jockei oder so was gehalten, denn er war ein schmächtiges Kerlchen mit einem eisengrauen Kopf. Aber Florian hatte Mumm in den Knochen, und wehe, wenn er einen Zorn hatte. Damals, als Hans seine prächtige Vorlage einbrachte, da hätten Sie ihn sehen sollen!

„Purer Opportunismus!" brüllte er. „Zurückweichlerei! Kompromißlertum!" Er durchwanderte in seiner Rede alle nur denkbaren Arten von Abweichungen und erfand zu den uns bis dahin bekannten noch einige hinzu, die in ihrer Schändlichkeit alle anderen übertrafen. Jedenfalls eines stünde fest, er, Florian Weidenbacher, werde sich dazu nie hergeben, und Politik werde immer noch mit Politik gemacht und nicht mit albernen Spielchen.

„Alberne Spielchen", sagte er. Es war klar, Florian war ein Sektierer. So etwas muß Hans ihm wohl auch gesagt haben, denn es dauerte einige Tage, bis er überhaupt wieder mit uns sprach. Das war ihm wohl doch an die Nieren gegangen, denn einmal ein Sektierer gewesen zu sein war der ständige Vorwurf, den er gegen sich erhob. Jedenfalls, als wir nach einer Woche heftigster Diskussion über Hans' Antrag abstimmten, hob auch Florian knurrend die Hand: „Beschluß einstimmig angenommen."

Das gab Arbeit, sag ich Ihnen, denn der „Schachbeschluß" besagte nicht nur, daß wir allabendlich unter Hans' Anleitung Eröffnungen und Endspiele zu studieren hätten, er verpflichtete uns zugleich, „kulturelles Leben zu entfalten, um die bisherige einseitige Orientierung desselben auf Schachspiel allein zu beseitigen". Und ob wir entfalteten!

Wir organisierten einen Goethe- und einen Heine-Zirkel und taten es nicht unter „Faust II". Wir trieben

Sänger auf und Dichter und Bühnenbauer und Kulissenmaler und hatten eine großartige Premiere mit dem „Weißen Rößl".

Wir sammelten für einen Fußball und gründeten so etwas wie eine „Gesellschaft zur Verbreitung wissenschaftlicher Kenntnisse". Wir taten alles, den Schachzauber zu zerstören, und gleichzeitig trainierten wir für die kommenden Schachmeisterschaften. Willi, der sich in so etwas auskannte, behauptete, das sei Dialektik.

Der Endkampf um den „Großen Pokal vom Obóz pracy" (Obóz pracy heißt Arbeitslager, und der Pokal war eine Blumenvase, nach deren Herkunft wir uns besser nicht erkundigten), der Endkampf war zu Ostern angesetzt, und mit dem Schlafen war es in diesem Frühjahr für uns sechs nichts. Bei Hans mußte man die Varianten der Nimzowitsch-Verteidigung oder der Spanischen Partie noch besser am Schnürchen haben als in der Schule die Kongruenzsätze; aber all das andere, so meinten wir, ging auch nicht ohne uns. So saßen wir denn, wenn wir nicht gerade gemeinsam mit Aljechin oder Capablanca beschäftigt waren, in den Ecken und memorierten Texte oder dachten uns populäre Beispiele für „wissenschaftliche" Vorträge aus.

Glauben Sie mir, es war eine Hundearbeit, und wenn Hans uns nicht immer an unsere Beschlußtreue gemahnt hätte, ich weiß nicht, was aus der Sache geworden wäre.

Am schlimmsten war es nach wie vor mit Florian. Er brachte es fertig, mitten in seiner Übung für den Lemurenchor bei Faustens Grablegung – zu einer Solopartie hatte er sich nicht verstehen wollen – in Verwünschungen über die „Zurückweichler" auszubrechen. Er lernte gewissermaßen unter ständigem Protest, und nach Willi war auch dies wieder Dialektik.

„Die Revolution marschiert geradeaus!“ sagte Florian. „Die Finten und die Haken“, behauptete er, „sind Sache der Reaktionäre. Wir bieten dem Feinde die Stirn und weichen nicht!“

Aber was half ihm das alles; wenn sich unsere kleine Mannschaft in den Vorrundenkämpfen an die karierten Bretter setzte, hielt er wacker mit, denn Beschluß war Beschluß. Er hatte keine leuchtenden Einfälle wie Hans oder Martin, unser Pastor; er wußte nichts von den kindischen Listen, mit denen ich es immer versuchte, er war, obwohl voll Zorn über die unwürdige Beschäftigung, beim Spiel stets ruhig, er entsann sich aller Regeln und Varianten zur rechten Zeit, kurz, er absolvierte das „alberne Spiel“ stets wie eine lästige, aber wichtige Arbeit – und sammelte dabei viele wertvolle Punkte für uns.

So schafften wir es bis in die Endrunde; unsere Gegner waren, wie gar nicht anders zu erwarten, die Offiziere.

Doch bevor das entscheidende Match begann, gab es neue Komplikationen. Ich weiß nicht, was Hans eingefallen sein mochte, jedenfalls stellte er sich am Vorabend der großen Schlacht in der Baracke IV auf einen Stuhl – er war in eine Diskussion über die Beseitigung des Bildungsmonopols verwickelt – und erklärte, alle, die da mit einem Schachbrett vor dem Kopf herumliefen und meinten, im Kampf auf den vierundsechzig Feldern zeige sich die Intelligenz, sollten nur morgen in den Kulturraum kommen, dort würden sie erleben, wie wir, einfache Soldaten und Arbeiter wie sie, die Offiziere schlügen.

Der Hohn und Spott in der Baracke war nichts gegen den Krach, den wir Hans bereiteten. Was hatte er sich denn dabei gedacht? Bisher hatten wir uns langsam und unauffällig vorangearbeitet, und niemand hatte etwas daran gefunden, daß wir an die zweite Stelle in der Tabelle gerückt waren, nach den Offizieren mußte ja eine der anderen Mannschaften zweite werden. Würden wir gegen die Offiziere verlieren, so wäre gar nichts dabei. Jedenfalls bisher nicht. Aber nun ... Nun mußten wir gewinnen, sonst waren wir für immer unmöglich. „Seht mal die Angeber, die Großmäuler, die wollten die Offiziere schlagen, haha!"

Und dann natürlich Florian! Florian wütete. Ihm war noch besonderes Leid geschehen: Hans und der dicke Hauptmann Zander, die beiden Mannschaftsführer, hatten sich über die einzelnen Partner des Spiels geeinigt, Florian war der „halbe Oberst" als Gegner zugewiesen worden. Dieser Oberst hieß der „halbe", weil er eins seiner beiden Schulterstücke verloren hatte und nur noch das andere voll Stolz auf der leicht hochgezogenen Schulter trug. Man hatte ihn wohl mehr aus Respekt in die Mannschaft genommen, denn eine Kanone war er nicht gerade. Er hatte darum gebeten, so sagte Hauptmann Zander, ihm doch bitte einen älteren Herrn Kameraden zum Gegner zu geben. Und dieser ältere Herr Kamerad war Florian.

„Mit diesem Stabsreptil", schrie Florian, „mit einem Junkerknopp soll ich mich an einen Tisch setzen und ein Spielchen machen! Das hat man von seiner Disziplin und von eurem Zurückweichen. Stellt mich mit ihm auf eine Tribüne, ruft das ganze Lager zusammen, laßt mich mit ihm diskutieren, und ich werd's ihm zeigen! Aber nein, spielen soll ich mit ihm! Händchen schütteln und: ‚Bitte schön, Herr Oberst, Herr Oberst haben den ersten Zug!' Vielleicht geh ich noch mit ihm kegeln, wie?

Soweit kommt man, wenn man klein beigibt, wenn man rückwärts anstatt vorwärt marschiert. Schlagen muß man die Kerle!"

„Tu das", sagte Hans, „tu das morgen am Schachbrett."

Ja, Herr Nachbar, in solcher Stimmung waren wir, als wir am Ostermorgen in den Kulturraum gingen.

Auch wenn Hans nicht seine marktschreierische Ankündigung von sich gegeben hätte, wäre es voll genug geworden, so aber war wirklich nicht ein Quadratzentimeter unbesetzt, die Plätze der zwölf Spieler natürlich ausgenommen. Selbst auf dem Hof vor der Baracke stand eine Menge Leute. Für sie war die große Demonstrationstafel, die die Tischler dem Schachkurs gespendet hatten, an die Außenwand gehängt worden. Die interessantesten Stellungen des Endkampfes sollten darauf gezeigt werden.

Die Wäscherei hatte ein paar frische Bettlaken hergeliehen, die über die Tische gebreitet waren, und zwischen den Brettern standen sogar Blumen.

Die Offiziere hatten den ersten Zug; wir waren im Spiel.

Was soll ich Ihnen viel erzählen: Als alle ihre erste Partie gespielt hatten, war es Mittagszeit, und eigentlich war noch gar nichts entschieden.

Hans und unser Pastor hatten ihre Partien gewonnen. Das war schon etwas, denn immerhin waren ihre Gegner, Zander und ein Luftwaffenmajor, die eigentlichen Schachkönige des Lagers. Walter, der nie etwas riskieren wollte, hatte verloren, Willi ebenfalls. Bei dem war seine „dialektische" Spielweise schuld. So nannte er jedenfalls seine verrückte Art, wie wild auf dem Brett herumzufuhrwerken und sich ständig in Widerspruch mit aller Vernunft und Erfahrung zu bringen. Bei seinem Gegner, einem etwas pedantisch spielenden Oberlehrer, war damit gar nichts zu holen.

Ich verlor auch. Mich würgte der Strick, den uns Hans mit seiner Angeberei um den Hals gelegt hatte. Ich sah mehr auf die Figuren der Nachbarn als auf meine eigenen, und als ich bei einem unsinnigen Opfer einen Turm gegen einen Bauern eingebüßt hatte, gab ich die erste Partie des „Klassenkampfes“ verloren.

Und Florian? Florian spielte furioso. Er ging ran, er marschierte vorwärts, er griff an. Wenn sich der halbe Oberst einen älteren Herrn Kameraden gewünscht hatte, davon war nichts an Florian. Die Schmach, mit einem Stabsreptil Schach spielen zu müssen, anstatt Politik zu machen, die Wut über die Zurückweichlertaktik beflügelten seine Züge sozusagen. Florian gewann in großer Manier.

Also stand es 3:3, als wir Pause machten.

Wir gingen nicht gerade erhobenen Hauptes zum Mittagessen, ich schon gar nicht, aber immerhin, wir waren fürs erste noch einmal davongekommen.

Als wir zurückkamen, war die Menge vor der Kulturbaracke noch größer geworden. Irgend jemand rief uns zu: „Gebt's ihnen nur!“, und erstaunlicherweise lachte niemand.

Na schön, wir spielten jetzt Weiß, und in dem Raum war nichts zu hören als das Klappern aufgesetzter Figuren. Nur durch die geöffneten Fenster kam hin und wieder das Stimmengewirr der Wartenden.

Die Offiziere hatten inzwischen wohl gemerkt, daß der Lorbeer diesmal etwas höher hing als sonst, denn sie ließen alle Minen springen. Als das Licht eingeschaltet wurde, waren erst zwei Partien beendet; der Pastor und der Flieger hatten sich auf remis geeinigt, und der Oberlehrer hatte Willi kühl und sachlich erledigt.

$^1/_2$:1$^1/_2$ für die Offiziere.

Dann standen Hans und Hauptmann Zander auf; an der Art, wie der Hauptmann sich verbeugte und Hans die Hand schüttelte, sah ich, daß Hans uns auf 1$^1/_2$:1$^1/_2$ gebracht hatte.

Wenig später sagte Walter neben mir leise, aber mit ungeheurem Triumph „Patt!". Er war über seinen eigenen Schatten gesprungen und hatte dem Leutnant Lauffer, einem geriebenen Fuchs, ein Unentschieden abgezwungen. 2:2.

Ich war diesmal auf dem Wege zu gewinnen. Nur, ich hätte es nicht wissen dürfen. Aber ich wußte es, und darum verlor ich, wie das immer bei mir ist, den Kopf und bald auch den Springer, den ich meinem Gegner voraushatte. Ich konnte froh sein, wenigstens ebenfalls mit einem Unentschieden davonzukommen.

Also stand es 2$^1/_2$:2$^1/_2$ in der zweiten Spielhälfte und im Gesamtkampf 5$^1/_2$:5$^1/_2$.

Blieben noch Florian und der halbe Oberst.

Die beiden Alten kämpften, als ginge es um ihr Leben. Florian war sogleich wieder losgebraust, aber diesmal war der halbe Oberst auf der Hut. Er spielte, als wäre er wieder der Ia im Stab der Division und als wären die Bauern, die er vorsichtig über das Brett schob, Kompanien und Batterien. Er befestigte die Stellung um seinen König wie die letzte Festung eines langen Krieges, und seine Türme bedrohten wie schwere Mörser Florians Sturmlinien.

Florian biß sich fest. Über seinem ganzen Spiel hatte die Devise „Vorwärts, immer nur vorwärts!" und „Angreifen muß man, angreifen und schlagen!" gestanden, und nun lag er vor den uneinnehmbaren Wällen, die der Oberst, der jetzt durchaus ein ganzer war, errichtet hatte, und konnte nicht weiter.

Florian knirschte mit den Zähnen, aber das half ihm nicht.

Sicherlich wußte er nichts von dem Stand der übrigen Partien, er wußte nicht, daß es von ihm abhing, ob wir verlören, gewönnen oder Unentschieden spielten, er hatte ja nicht ein einziges Mal aufgesehen. Er dachte bestimmt auch nicht mehr daran, warum wir in diesen Kampf gegangen waren, warum wir gewinnen mußten.

Er sah nur noch, daß ihn dieser halbe Oberst festgenagelt hatte, dieser Junkerknopp, und daß es nicht mehr lange dauern könne, bis es aus den feindlichen Türmen blitzen und dann bei ihm vernichtend einschlagen würde.

Da begann Florian seinen Rückzug. Er tauschte die Bauern, die er nicht mehr halten konnte, gegen die des Obersten ab oder deckte sie, wo er konnte. Er manövrierte seine Offiziere Schritt für Schritt und unendlich vorsichtig zurück und brachte sie in bessere Positionen. Er gab dem Obersten, der seine große Stunde nahen fühlte und beharrlich nachrückte, keine Chance.

Aber dann, was tat er nur ...! Ein Stöhnen ging durch den Raum; wir waren alle disziplinierte Kiebitze, aber das war zuviel! Florian, der Angreifer, der Vorwärtsstürmer, der Feind aller Zurückweichler, zog einen Bauern, und jeder sah, daß seine Dame, das Kernstück seines Sturmkeils, der schon so jämmerlich zurückgeschlagen worden war, nun unweigerlich verlorengehen mußte.

Auch der Oberst sah es. Es war, als riefe er „Feuer!“ in ein Telefon, das ihn mit hundert schweren Batterien verband, als er mit seinem Läufer über die Diagonale schoß.

Florian nickte und rückte wieder einen unscheinbaren Bauern.

„In drei Zügen matt", sagte er und richtete sich etwas auf.

Wenn das vorher Ruhe gewesen war, ich weiß nicht, was es jetzt war. Es dauerte eine ganze Weile, dann stand der Oberst auf und verbeugte sich vor Florian. Er sah aus, als ginge er ein zweites Mal in Gefangenschaft.

Ich will nicht sagen, daß wir nach diesem gewonnenen Spiel plötzlich das ganze Lager voller Antifaschisten gehabt hätten, aber etwas leichter war's nun. Das kam, weil Hans zum Angriff geblasen und Florian einen Rückzug gewonnen hatte.

Spielen wir noch eine, Herr Nachbar?

Das Kennwort

Louis Fischer hätte es weit bringen können. Er war ein großer Kerl, nicht dumm und mit einer Nase für die Wünsche seiner Herren. Dabei war er keineswegs ein Kriecher oder gar ein Feigling; er war nur wendig, weiter nichts.

Wäre er ein Feigling gewesen, so hätte er in seinem Beruf nichts werden können. Er war nämlich Hundedresseur. Er brachte nicht etwa kleinen Pinschern das Pfötchengeben bei oder frisierten Pudeln die rechte Zeit und den rechten Ort zum Wasserlassen, nein, seine Hunde hatten ihren Namen und Respekt verdient. Es waren halbe Löwen, gefährliche Typen, wenn man sie so sah, und man hätte Angst vor ihnen haben können, wenn man nicht gewußt hätte, daß sie Louis Fischers Zöglinge waren. Da man das aber wußte, hatte man trotz ihrer Wolfsgebisse, ihrer Boxernasen und ihrer rabiaten Augen Vertrauen zu ihnen. Denn unter Louis Fischers harten Händen und kalten Blicken waren sie Diensthunde geworden, Polizeihunde, Diener des Staates und Beamte sozusagen. Louis, ihr Chef, war auch Beamter. Eines Tages, nach einem Leben für den Diensthund und damit für den Ordnungsstaat, nach dreißig Jahren Maulkorb und Stachelwürger, nach einer Laufbahn in pflichtschuldig zerrissenen Hosen hätte er in Pension gehen können. Vielleicht hätte er ein Buch geschrieben, „Ich und die Bestie“ oder etwas Ähnliches, vielleicht hätte er auch, ganz für sich und zum Spaß, einen Wunderhund abgerichtet, einen, der Socken strickt und Ganghofer liest, vielleicht aber hätte er sich nur einen Wellensittich angeschafft oder noch eher eine Katze, der Abwechslung und des Gegensatzes halber und weil er doch nun außer Dienst gewesen wäre.

Aber das muß Spekulation bleiben, denn Louis Fischer ist tot. Er starb weit vor Ablauf der dreißig Pflichtjahre auf bitterböse Weise.

Dabei hätte er es wirklich zu etwas bringen können, denn er hatte alles Zeug für seinen Beruf. Schon einem Dreiwochenwelpen konnte er ansehen, ob er eine Töle bleiben würde oder Sinn für Ordnung, Recht und Eigentum entwickeln werde.

Louis Fischer wußte, daß mit Erziehung allerhand zu machen war; fest stand für ihn aber auch, daß Hund und Mensch sich in einem glichen: entweder hatten sie wenigstens im Kern einen Sinn für Ordnung, Recht und Eigentum, oder sie blieben für immer Versager, Kroppzeug. Er war ein Idealfall von Lehrer – er glaubte an seine Lehren. „Ordnung, Recht und Eigentum“, diese Worte hatte ihm seine Frau in einen Wandbehang stikken müssen, und ob er sich nun abends und voll Kummer darüber, daß der Schäferrüde Haro vom Teuffelsberg immer noch nicht stockfest war, in die Kissen warf oder ob ihn des Morgens das hungrige Jaulen der künftigen Ganovenbeißer aus dem Bette riß, immer fiel sein letzter oder erster Blick auf die stickgarnene Mahnung: Ordnung, Recht und Eigentum!

Vielleicht wundert man sich, nach alledem zu hören, daß Louis Fischer Sozialdemokrat war, vielleicht hätte man in ihm mehr einen Staatsparteiler oder einen strammen Kaisertreuen vermutet; aber das Wundern wird nur so lange anhalten, solange man nicht weiß, daß auch der Polizeipräsident zu jener Zeit, zu Louis Fischers Dienstzeit, ein Sozialdemokrat war.

Den Präsidenten und den Dresseur verbanden ein Hund und eine Tasse miteinander. Der Hund war in Louis Fischers Lehre gegangen und sollte den Präsidenten vor Meuchelmördern schützen, und die Tasse war des Präsidenten Dank dafür. Es war eine besondere Tasse, groß und bauchig, mit einem schwarzrotgoldenen Rand und der Inschrift „... der Bahn, die uns geführt Lassalle!". Lange Zeit zerbrach sich Louis den Kopf an der Frage, was es auf sich haben könne mit dem Spruch. Er erkundigte sich vorsichtig nach diesem Lassalle, aber die Auskünfte halfen ihm nicht weiter. Schließlich gewöhnte er sich daran, mit dem Rätsel zu leben, zumal er sich nicht denken konnte, daß ihm der Präsident anders als wohlwollte.

Denn wenn es auch eine ganze Reihe von Dresseuren in Polizeidiensten gab, mit Louis Fischer hätte es keiner von ihnen aufnehmen können. Was die anderen da so für den täglichen Gebrauch trimmten, war gewiß recht brav, das konnte neben blanken Stiefelschäften Streife laufen und auf Geheiß in kleiner Diebe Hosenböden fahren, doch damit hatte es sich dann auch. Es waren Diensttuer allenfalls, aber keine Denker.

Louis Fischers Hunde waren Denker. Sie waren fähig, Entscheidungen zu fällen, wenn sie auf der Laufbahn waren. Einmal im Einsatz, bedurften sie keiner Weisung. Sie wußten genau, wann sie nur zu knurren oder zu bellen hatten und wann es zupacken hieß, schnell und scharf, auf Polizeihundart. Sie operierten unter der Maxime „Ordnung, Recht und Eigentum!", und so war Verlaß auf sie.

Jedenfalls hat Louis Fischer das geglaubt. Könnte er noch denken, wüßte er es besser nun. Aber er ist tot.

Wenn man weiß, wie die Sache ausgegangen ist, fällt es schwer zu sagen, seine reifste Leistung sei die Erziehung des Präsidentenhundes gewesen.

Der Hund des Präsidenten kam einen weiten Weg daher. Sieht man davon ab, daß er der Sohn einer Hündin und eines Rüden war, so kann man ihn als das vollkommene Produkt Louis Fischers bezeichnen. Der war es, der ihm Vater und Mutter bestimmte – nach vielen Abenden über den Stammbäumen der Schutzhundaristokratie, nach Nächten über Polizeiberichten, in denen von Intelligenzleistungen und Mutbeweisen beamteter Vierbeiner die Rede war, nach sorgfältigstem Studium von Schaubildern und wissenschaftlichen Gutachten. Louis Fischer war es, der ihn sofort erkannte in dem Wurf von fünf quietschenden blinden und feuchten Kreaturen, der ihn mit Liebe aufzog und in eine erbarmungslose Schule nahm.

Der Präsident hatte nach einem Schäferhund verlangt, und so bekam er einen. Zwar hatte Louis Fischer höflich auf die besonderen Vorzüge von Dobermännern und Boxern hingewiesen, aber er hatte sich schnell einleuchten lassen, daß der persönliche Hund eines gewählten Polizeipräsidenten nicht nur zu schützen, sondern auch zu repräsentieren hatte. Und auf Pressefotos werden nun einmal triefäugige Boxer oder stummelschwänzige Dobermänner von jedem Deutschen Schäferhund geschlagen.

Als sich der Präsident das erste Mal mit dem Dresseur unterhalten hatte und sie sich über die Rasse einig geworden waren, hatte der Polizeichef schließlich noch einen ganz speziellen Wunsch vorgetragen. Er wisse nicht, hatte er gesagt, ob es in Louis Fischers Dresseurmacht liege, was ihm da vorschwebe, aber man werde ja sehen, und es sei kurz dies: Louis solle dem Präsidentenbewacher neben all den Routinedingen einen Biß beibringen, den man als radikal bezeichnen könne, also keine Kinkerlitzchen wie Handgelenk oder Hosenboden, sondern ran an die Gurgel und aus.

Wenn Louis Fischer sich auch über den leisen Zweifel an seinen Künsten ein wenig ärgerte, so ließ er nichts davon merken. Er werde den gewünschten Totbiß in das Erziehungsprogramm aufnehmen, sagte er, damit das Kunststück aber unter Kontrolle gehalten werden könne, müsse es an ein bestimmtes Kennwort gebunden werden, und ob der Herr Präsident da schon etwas im Auge habe?

Der Chef nickte nachdenklich. Er winkte den Abrichter zu sich heran, schätzte ihn noch einmal ab und sagte dann: „Wir sind doch in derselben Partei, was?"

Louis Fischer versicherte, selbstverständlich sei er in der Partei des Präsidenten.

„Na, dann los, Mann, wer ist der eigentliche Feind?"

Wenn Louis Fischer auch nie so ganz genau wissen sollte, wer jener Lassalle gewesen – wer der eigentliche Feind war, das ahnte er zumindest, dafür war er schließlich Polizeibeamter der Weimarer Republik. Andererseits war er sich noch nicht ganz im klaren, ob der Präsident nun auf den inneren oder äußeren Feind loswollte, und da er überdies noch den Weltkriegsorden am Revers seines Vorgesetzten gewahrte, sagte er vorsichtig: „Ich würd mal sagen, die Fr . . ."

Bei diesem Fr . . . ließ er es, denn der Präsident winkte ab und sagte ungeduldig: „Nicht doch, Mann, die Franzosen nicht, das ist vorerst passé, obwohl ... also, der Feind, der Feind, das ist die Kommune, klar?"

„Klar", sagte Louis Fischer.

„Fein", sagte der Präsident, „und was wollen die uns nehmen? Na, diesmal fängt es mit Fr ... an! Die Freiheit natürlich, Mann!" Sie einigten sich auf das Kennwort „Freiheit"; und um den Trick abzusichern, vereinbarten sie, man müsse den Ruf besonders scharf ausstoßen und sich dabei mit der flachen Hand vor die Stirn schlagen, erst dann sollte das Tier beißen.

Und so wurde denn ein Deutscher Schäferhund gezeugt, geboren, aufgefüttert und abgerichtet, um im Zeichen von Ordnung, Recht und Eigentum einem Manne das Leben zu schützen und notfalls nach dem mit einem Klaps an die Stirn kombinierten Zuruf „Freiheit!" einem anderen das Leben zu nehmen.

Er wurde aufgezogen und dressiert vom Polizeimeister Louis Fischer, der nun tot ist und daher nicht einmal verblüfft sein kann über das, was bei seiner Erziehung herausgekommen ist.

Es war im Spätherbst des letzten vollen Jahres der ersten deutschen Republik, als Louis Fischer wieder vor seinen Präsidenten trat. An der Leine führte er einen grauen Hund, der in seinem großen Maul ein fürchterliches Gebiß und in seinem kleinen Hirn ein giftiges Kennwort trug.

Louis Fischer ließ das Tier alle seine Kunststücke zeigen – bis auf eines, versteht sich, von dem er seinem Chef jedoch versicherte, es sei so verläßlich und so wirksam in dem Hund wie das Stahlmantelgeschoß in der Pistole, die in des Präsidenten Schreibtischlade ruhte.

Als der Präsident und der Polizist voneinander schieden, hatte der Hund einen neuen Herrn, und Louis Fischer hatte eine Tasse mit schwarzrotgoldenem Rand und dem rätselhaften Spruch „. . . der Bahn, die uns geführt Lassalle!“. In den wenigen Monaten, die Louis Fischer noch bis zu seinem überraschenden Tod verblieben, trank er jeden Morgen und jeden Abend seinen Kaffee aus der Tasse des Präsidenten; nur in den letzten Tagen, die ihm vergönnt waren, verzichtete er darauf. Den Hund des Präsidenten sollte er nur noch einmal sehen.

Manchmal traf es sich, daß er, die bauchige Tasse an den Lippen und in der Morgenzeitung blätternd, auf ein Bild seines Vorgesetzten stieß, der, an irgendeinem Podium stehend oder mit Journalisten zusammen sitzend, entweder von der Unabdingbarkeit von Ordnung, Recht und Eigentum oder von der Bedrohung der Republik durch die Kommunisten oder von beidem zugleich gesprochen hatte. Und immer saß zu des Präsidenten Füßen ein schlankes graues Tier, das gelassen, schön und gefährlich in die Kamera blickte.

Dann ging alles sehr schnell. Eines Morgens las Louis Fischer in seiner Zeitung, daß sich die deutschen Dinge nun endgültig gewendet hätten, da der Reichskanzler jetzt Adolf Hitler heiße.

Soll er doch, dachte Louis Fischer, trank aus der schwarzrotgolden umrandeten Tasse und ging zu seinen Hunden, die schon ungeduldig jaulten und ihm gerade in diesen Tagen viel Sorge machten, da einige die Staupe hatten.

Etwas mehr beunruhigte ihn eine Meldung im Abendblatt, in der es hieß, der sozialdemokratische Polizeipräsident sei verhaftet worden. Es war weniger die Verhaftung, die ihn verwirrte, als das Fehlen jedes Hinweises auf einen Deutschen Schäferhund, der auf Geheiß des

Präsidenten einem der Verhafter mit tödlichem Biß an die Kehle gefahren sei. Auch von einer geladenen Pistole in der Schublade des Polizeichefs war in der Meldung keine Rede.

Nach anstrengend scharfem Nachdenken fand Louis Fischer die Erklärung: Hatte er das Tier nicht denken gelehrt? Na also, wie konnte er da erwarten, daß es auf den von einem Handschlag an die Stirn begleiteten Zuruf „Freiheit!" einem Abgesandten der Nationalen Erhebung an den Hals spränge? Auch sagte er sich, daß der Präsident wahrscheinlich gar nicht versucht hatte, den Hund in Gang zu setzen, da der Totbiß schließlich nur für den eigentlichen Feind gedacht gewesen war.

Er tat weiter seinen Dienst; er machte Polizeihunde mannscharf und schußfest, Dobermänner, Boxer und Deutsche Schäferhunde. Als er sah, daß einige seiner Kollegen, die die Erhebung nicht so erhebend gefunden und das auch gesagt hatten, sehr rasch auf die Straße oder in blutdampfende Keller flogen, warf er sein Parteibuch in den Ofen und stellte die Tasse des abgesetzten Präsidenten in die Tiefen des Küchenschrankes.

Um so unangenehmer war ihm, daß eines Abends zwei Männer in seine Stube traten; den einen kannte er von den Zahlabenden, und der andere war dessen Schwager und hatte etwas mit der Druckergewerkschaft zu tun, zwei Männer also, die ihn ernsthaft mit Genosse anredeten und nach einigem vorsichtigen Drumherum von ihm verlangten, er solle in der kommenden Nacht dafür sorgen, daß seine Hunde die Schnauzen hielten. Auf der anderen Straßenseite liege ein Kumpel im Keller, und lange mache der es nicht mehr.

Louis Fischer war wirklich nicht feige, er war auch

nicht herzlos, aber schließlich war das seine Haut, die ihm plötzlich viel zu eng und feucht direkt auf den Knochen zu sitzen schien.

Er ließ die beiden abfahren. Er sei Beamter, sagte er, immer noch, und er wolle es auch bleiben, volle dreißig Jahre lang. Und überdies, selbst wenn er wollte, könne er nicht helfen, seine Hunde seien Wahrer von Ordnung, Recht und Eigentum, dazu habe er sie erzogen. Was sie wohl von ihm denken sollten, wenn er ihnen plötzlich Stillschweigen befehlen wollte, wo offenkundig etwas gegen Ordnung ...

Die beiden Männer gingen, und bitter vermerkte Louis, daß sie ihn nicht verstanden hatten und daß sie es für nötig hielten zu sagen, er wenigstens solle das Maul halten. Als ob er ein Verräter wäre. Im ersten blassen Morgenlicht schlugen Louis Fischers Schüler Lärm. Von jenseits der Straße hörte Louis Schüsse und Schreie, und er wollte schon aufstehen. Dann fiel sein Blick auf den Wandbehang im Dämmerlicht, und er drehte sich auf die andere Seite.

Als einer seiner beiden Besucher schon tot war und der andere gerade noch einmal aufstöhnte, bevor auch er starb, hatte Louis Fischer bereits zu seinem Traum zurückgefunden.

Am nächsten Vormittag behandelte er gerade die Staupe eines vielversprechenden Boxerwelpen, als sie zu ihm auf den Hof kamen. Drei Mann in SA-Uniform und ein Hund. Die drei Männer sagten „Heil Hitler!“, und der Hund sah aus, als hätte er es auch gern gesagt. Aber er stand nur stumm da, gesammelt, schön und gefährlich, grau und schlank, und wartete auf Weisungen.

Louis Fischer erkannte ihn sofort, und er war stolz auf ihn, denn das hatte er ihm beigebracht: Beherrschung, nichts da von Händelecken und winselnder Begrüßung.

Einer der drei sagte, sie wollten Louis nur ihre Anerkennung aussprechen, seine Hunde hätten eine üble Sache vereitelt, es sei am Abend etwas viel auf den Führer getrunken worden, und ohne das Hundegebell hätten sie womöglich die Roten gar nicht rechtzeitig gehört. Louis Fischer setzte den Welpen in seinen Zwinger und bat die Besucher ins Haus. Sie tranken eins auf den Schreck und das Glück, und da sie einander gut verstanden, deutete Louis auf den grauen Schäferrüden und fragte, wie sie an den gekommen seien.

Oh, sagten sie stolz, den hätten sie vom Polizeipräsidenten, diesem Sozi, übernommen, zuerst sei er ja ein bißchen knurrig gewesen, aber nun tue er ausgezeichneten Dienst.

„Versteht sich", sagte Louis Fischer, und dann erzählte er den SA-Kameraden die Geschichte vom Hund und vom Präsidenten, und schließlich kramte er sogar die Tasse hervor.

Der Führer der drei betrachtete den schwarzrotgoldenen Rand, studierte die Inschrift und sagte dann mit merkwürdig engen Augen: „So, Sie waren auch bei diesem Lassalle-Verein ..."

„Gewesen, gewesen", sagte Louis Fischer rasch, „und auch das nie mit dem Herzen!"

Da er aber das Mißtrauen des anderen spürte und durchaus verstand, daß der nicht nur den Präsidenten beleidigen wollte, als er die Tasse voll Milch goß und sie dem Hund hinschob, der sofort gierig zu schlürfen begann, fragte er, etwas zu eifrig vielleicht, ob die Herren denn von dem Trick mit dem Kennwort wüßten.

Die Herren wußten von keinem Trick und keinem

Kennwort, darum beugte sich Louis Fischer zum Ohr ihres Führers und erzählte. Er tat es ganz leise, damit ihn der Hund nicht höre. Das fehlte noch, daß der auf einen SA-Mann losging. „Das Ding ist gut", sagte der Führer, „und Sie glauben wirklich, das funktioniert?"

„Und ob das funktioniert", sagte Louis Fischer, „da halt ich meinen Kopf für hin!"

Das schöne graue Tier hatte die Tasse leer geschlappt und sah nun ruhig zu seinem neuen und zu seinem alten Herrn auf. Als der neue Herr auf den alten deutete, sich gegen die Stirn klopfte und „Freiheit!" rief, federte es hoch und schlug seine noch milchfeuchten Zähne in Louis Fischers Hals.

„Tatsächlich", sagte der SA-Mann, und Louis Fischer konnte es eben noch denken.

Auf einer Straße

Der Junge blinzelte in die Sonne und sagte mürrisch: „Da ist ja diese Fliege."

Er hatte wohl geträumt. Ich sagte: „Wenn Sie nach Gdansk wollen, müssen Sie hier raus."

Er öffnete die Tür, und ich reichte ihm seinen Rucksack. Er setzte sich in den Sand des Sommerweges und zerrte an seinen Haaren, als wollte er sich daran aus dem Schlaf ziehen. „Das ging aber schnell", sagte er.

Er sah das Mädchen eher als ich und klinkte im Sitzen die Tür wieder auf. „Sie kriegen eine neue Fuhre, oder wollen Sie nicht? Sie ist sehr hübsch."

Sehr war übertrieben. Sie hatte die Länge eines Basketballmädchens und würde es schwer haben, einen Mann zu finden, der sich traute, neben ihr über die Straße zu gehen.

„In Richtung Poznan?"

„Ja."

Sie sah den Jungen fragend an, aber der hob nur die Schultern, nahm ihr den Campingbeutel ab und warf ihn durch das Wagenfenster.

„Vielleicht kommen Sie mal wieder, und wir treffen uns", sagte er und reichte mir die Hand, wozu er sich beinahe erhob. Dann saß er wieder im Sand und schnürte seinen Rucksack auf.

Das Mädchen stieg gerade so weit in den Wagen, daß sie die Tür zu bekam.

„Wenn Sie schlafen wollen, nur zu. Der Junge hat auch geschlafen."

Sie schüttelte den Kopf und sah nach vorn auf die Straße.

Ich wäre lieber allein gewesen, überhaupt und jetzt besonders. Überhaupt, weil mir auf langen Strecken manchmal nach Singen war, und im besonderen jetzt, weil dies eine besondere Straße für mich war.

Das Mädchen versuchte, in den Spiegel über der Frontscheibe zu sehen, ohne mehr als Kopf und Hals dabei zu bewegen. Ich drehte ihr den Spiegel hin. Einen Augenblick nahm sie sich noch zusammen, dann sah sie hinein und sagte: „Bei allen Heiligen!"

Ein Trupp Gänse marschierte in loser Formation über die Straße, und ich nannte sie Gänse. Als wir aus dem Dorf heraus waren, war sie mit der Malerei fertig, und jetzt sagte ich: „Bei allen Heiligen!" Der Junge hatte trotz seiner Müdigkeit weit besser gesehen als ich.

„Da ist eine Karte; würden Sie mal nachsehen, wie weit es bis Klodawa ist?"

„Noch vier Dörfer", sagte sie, „müssen Sie tanken? Es sieht sehr klein aus auf der Karte."

Sie faltete das Blatt zusammen und las die Aufschrift: „Aus Leipzig. Sind Sie aus Leipzig?"

„Warum nicht gar", sagte ich, „spreche ich etwa sächsisch?"

„Ich weiß nicht, ich kenne nur die Wörter. Und wenn Sie polnisch sprechen, ist es nur komisch, aber ich weiß nicht, ob es auch sächsisch ist."

„Einmal komisch genügt", sagte ich.

„Woher können Sie Polnisch? Haben Sie hier gelebt?"

„Ja, eine Weile. Aber nicht in Klodawa. Da habe ich einmal beinahe aufgehört zu leben."

Das war billig. Hätte ich es mit Tränen in der Kehle gesagt und die Augäpfel dabei rollen lassen, wäre es erträglich gewesen, aber ich sagte es beiläufig, und ich klopfte dabei eine Zigarette aus dem Päckchen. – Hello, Ernest!

Und das Mädchen war höchstens zwanzig – schnell runter von dem Pferd!

Ich sagte: „Heute früh war ich noch in Warschau. Da marschierten beim Frühstück zweiundvierzig Männer in den Saal, lauter Riesen im feinen Anzug. Sie stellten sich hinter ihre Stühle und sagten kein Wort. Wir anderen dachten, sie beteten. Niemand im Saal sprach, nur der Oberkellner und eine kleine Frau. Das ging vier, fünf Minuten so. Dann setzte sich die Frau zu den zweiundvierzig Hünen, und da setzten die sich auch, und jetzt wurden sie so laut, daß wir anderen mit unseren Kommentaren kaum dagegen ankamen. Ich hörte nur: ‚Unsinn, das ist die Dolmetscherin!', und eine Frau brachte ihre ganze Ehe auf die Formel: ‚Siehst du, Spiczek, das ist die amerikanische Höflichkeit!'"

Das Mädchen lachte, und ich versuchte, Musik ins Radio zu bekommen, aber ich geriet gleich an den „Goldenen Pavillon" und schaltete wieder aus.

Das Mädchen sagte: „Und wie meinten Sie das vorhin: In Klodawa wären Sie beinahe gestorben?"

„Es war töricht. Ich hätte sagen sollen: Ich war dort Soldat."

„Ja?" sagte sie und wartete.

Die Farben des Sommers waren schon ein wenig abgetragen, und in diesem und jenem Baum saß bereits der

Herbst. Noch einen Monat weiter, und die Äste würden so kahl sein wie damals.

„Damals lag hier Schnee", sagte ich, „und ich kam auch von Warschau her. Ich hatte ein Gewehr mit. — Interessiert es Sie?"

„Wenn es eine Kriegsgeschichte ist, nicht so sehr."

„Es ist gar keine Geschichte, es ist ein Gefühl."

„Vielleicht mag ich es", sagte sie und setzte sich endlich vernünftig hin.

„Es ist so verrückt. Ich versuche mir klarzumachen, daß dies dieselbe Straße ist. Aber ich fasse es nicht einmal, daß ich derselbe Mensch bin."

„Sind Sie es denn?"

„Sicher doch. Anders wäre es bequem."

„Und bequem ist nicht richtig?"

„Nein."

„Jetzt haben Sie mich angeführt", sagte sie, „Sie reden gar nicht von Gefühlen; Sie reden von Geschichte."

Ich hielt vor der Post von Klodawa. Sie stieg mit aus. Am Schalter saß eine ältere Frau und verkaufte einem Kind Briefmarken; am Klappenschrank saß auch eine ältere Frau.

„Da hat ein Freund von mir gesessen", sagte ich, „der hat sich nachher eine Handgranate an den Kopf gehalten. Mein Funkgerät stand dort, wo der Zeitungsständer ist."

Wir gingen auf den Posthof, und ich sagte: „Auf der Straße brannte ein Panzer, und ich dachte, ich brauchte nur über den Zaun dahinten zu kommen."

„Hatten Sie nicht recht?" sagte das Mädchen.

Ich ging mit ihr an die Einfahrt und trat gegen den Prellstein am Torpfeiler. „Hier habe ich mit einer Panzerfaust gelegen."

„Wie Sie das alles wissen", sagte sie, „und wie Sie versuchen, nicht stolz darauf zu sein."

„Ja, ich bin schon ein Guter."

Ich hätte nicht zu sagen vermocht, ob sich die Stadt verändert hatte oder nicht. Sie war voll Licht und Sommerstaub, und es roch nach Birnen und Senf und Speck und Seife.

Das Mädchen hieß Eva, und sie war nicht zufrieden damit. „Die Männer erwarten dann immer, daß man ihnen einen Apfel gibt."

Als wir zur Stadt hinausfuhren, gab sie mir ein Wurstbrötchen, und ich sagte nicht, was ich dachte. Aber sie lachte, und dann sagten wir sehr lange nichts mehr.

Sie holte sich aus ihrer Schläfrigkeit zurück und erzählte: „Ich habe noch nie mit einem Deutschen gesprochen. Ich habe nur mal welche gesehen. Einmal eure Radfahrer, als sie uns in Warschau die Friedensfahrt weggeschnappt haben – wir waren mit der Schule im Stadion und haben geschimpft –, und einmal war eine Delegation da, aber die waren noch weiter weg."

„Wohnen Sie in Warschau?"

„Ja, in der Pulawska, kennen Sie die?"

„Die kenne ich; ich wette, ich kenne Warschau besser als Sie; ich bin nämlich nicht sehr viel weiter als über den Postzaun in Klodawa gekommen, und nachher war ich vier Jahre in Warschau. Da habe ich Kohlen ausgefahren, unter anderem, und in der Pulawska habe ich mal einer Frau die Büchsenmilch ausgetrunken, die da im Keller herumstand. Vielleicht war das bei Ihnen?"

„Glaube ich nicht. Davon würde meine Mutter heute noch reden. Aber gesehen haben kann ich Sie schon. Warum nicht? Kohlenmänner waren da manchmal bei uns. Ich hatte so lange Zöpfe."

„Und ich hab immer ‚Vorsicht, Platz da!‘ geschrien!“

„Es könnte schon sein“, sagte sie.

„Ja“, sagte ich, „als ich jetzt nach Warschau kam, dachte ich, ob du wohl einen triffst? Das war doch vierzehn Jahre her, und ich hatte nur wenige Leute gekannt. Aber zwei Stunden nach meiner Ankunft traf ich den Magazinchef, bei dem ich gearbeitet hatte. Er kam mit einem anderen Mann über die Ujazdowska-Allee, und ich sagte: ‚Guten Tag, Chef!‘ Sie sagten beide, es müsse ein Irrtum sein, sie seien keine Chefs. Ich nahm die Sonnenbrille ab, und das half dem einen, meinem. Er war natürlich noch erstaunter als ich, denn es war ein ganz gewöhnlicher Tag, und er war ohne Erwartungen über die Straße gegangen. Er sagte du zu mir, wie er es damals getan hatte, und er verbesserte sich jedesmal, wenn ihm einfiel, daß nicht mehr damals war. Er sagte zu dem anderen: ‚Ich war wirklich mal der Chef von diesem Herrn. Der hat bei mir gearbeitet. Er saß im Gefängnis, und ich hab ihn da morgens abgeholt und abends wieder hingebracht, und am Tag hat er bei mir gearbeitet. Kannst du dir das vorstellen?‘

Der andere sah ihn an und mich und sagte, nein, das könne er nicht.

Mein Chef sagte: ‚Bin ich froh, daß du dabei bist. Du glaubst mir ja nie. Nun sieh ihn dir an: Er hat im Kittchen gesessen, und ich war sein Chef. Ist denn das die Möglichkeit!‘

Der andere grinste und fragte: ‚Hast du ihn auch mal gehauen?‘ Mein Chef bekam rote Ohren. ‚Einmal. Aber er war schuld. Er hatte geklaut. Stimmt’s? Du hattest Heringe geklaut! Entschuldigen Sie, aber Sie werden sich erinnern, daß Sie etwas gestohlen hatten, Heringe! Mensch, habt ihr alle geklaut!‘

Wir sind in die nächste Kneipe gegangen und haben auf die Prügel getrunken und auf die Heringe, und wir tranken so viel, als hätte es sich um eine richtige Schlägerei und eine ausgeraubte Fischfabrik gehandelt. Es war furchtbar lustig."

„Und Sie sind auch furchtbar lustig", sagte Eva; sie sagte die beiden Wörter auf deutsch.

„Und warum?"

„Weil Sie mich davon überzeugen wollen, daß Sie ein böser Bube gewesen sind. Wenn Sie sagen, Sie haben Angst gehabt hier bei uns, dann sagen Sie gleich, aber Sie haben ein Gewehr gehabt, nur damit ich nicht denke, Sie wüßten nicht, daß Sie selbst schuld gewesen sind an Ihrer Angst. Sie zeigen mir einen Hof, auf dem es Sie beinahe umgebracht hätte, und dann fällt Ihnen ein, ich könnte mir vorstellen, daß Sie an Ihre Mutter gedacht haben, als Sie über den Zaun geklettert sind, und sofort zeigen Sie mir einen Prellstein, hinter dem Sie gelegen und geschossen haben, damit ich auch weiß, was Sie für eine Gefahr gewesen sind. Sie sagen: Ich war in Gefangenschaft, vier Jahre lang, ich habe schwer gearbeitet, ich habe in einem Gefängnis gesessen und Schläge gekriegt, aber dann reißen Sie sich das Hemd auf und rufen: Aber denkt nur nicht, ich wüßte nicht, wie sehr ich das alles verdient hatte; ich habe ja selbst da noch armen Leuten die Milch weggetrunken, und Heringe habe ich gestohlen, man denke! Und während Sie das alles sagen, suchen Sie rechts und links die Straße ab, und das Grün der Bäume und das Gelb der Sonnenblumen und das Rot der Ziegel ist nur auf der Oberfläche Ihrer Augen, aber darunter ist etwas ganz anderes. Darunter ist der Schnee von damals und das Feuer auf den Scheunendächern und dann der Freund, der sich eine Granate an den Kopf gehalten hat, und Ihre Angst, aber Sie sagen: Es war furchtbar komisch!"

Ein Traktor bog aus einem Feldweg auf die Straße, und ich mußte scharf bremsen. Der Fahrer beugte sich interessiert aus dem Sattel, und als ich den Wagen vorbeizwängte, winkte er dem Mädchen zu. Sie steckte mir eine Zigarette an, und ich sagte: „Was ist bloß mit euch Polen los?"

„Was ist denn mit uns Polen los?"

„Ich unterhalte mich in Warschau mit einem Geschichtsprofessor, und es stellt sich heraus, wir haben beide einmal in derselben Gefängniszelle gesessen, er bei den Faschisten und ich als Faschist. Er findet den Zufall interessant, aber nicht aufregend, dafür ist er Historiker, aufregend findet er etwas anderes. ‚Das ist ja furchtbar', sagt er, ‚ich kenne doch dieses Wanzenloch und diese Drahtpritschen und diesen Blick auf den zweiten Block, und da hat man Sie reingesteckt? Sie müssen ja noch ein Kind gewesen sein!' Und dann kommt eure Filmregisseurin und hört von mir, daß ich ihren Film über Auschwitz zweimal gesehen habe, einmal zu Hause und später, und das erstemal noch im Lager in Warschau. ‚Was?' schreit sie und kann sich gar nicht fassen. ‚Das hat man mit Ihnen gemacht? Wie konnte man das tun, euch so einen Film zeigen, wo ihr selber eingesperrt seid, das ist ja ganz entsetzlich!' Ich habe sie nicht davon überzeugen können, daß es ganz heilsam für uns gewesen ist. – Ihr geht da entschieden zu weit!"

„Nein", sagte sie, „und jetzt muß ich gleich aussteigen. Darf ich Sie noch zu einem Kaffee einladen?"

Vor dem Café sagte sie: „Die Einladung war unbedacht. Ich bringe Sie in Verlegenheit, so wie ich aussehe."

„Das stimmt“, sagte ich.

Sie bestellte zwei große Kaffee. Uns gegenüber saßen drei junge Männer mit Campingbärten. Sie hatten gepfiffen, als wir hereingekommen waren, und der eine beugte sich zu mir herüber. „Wenn du Hilfe brauchst, Kumpel ...“

Ich sagte: „Bist du vom Roten Kreuz?“, und sie lachten und kümmerten sich nicht mehr um uns.

Wir tranken unseren Kaffee und fühlten uns wohl, ich jedenfalls. Sie zahlte und wünschte mir eine gute Fahrt. Ich winkte ihr durch das Fenster zu, und sie winkte zurück. Sie hatte schmutzige Jeans an und einen weiten Pullover. Sie war sehr groß, aber es mußte schon sehr viel Dummheit dazu gehören, nicht mit ihr über die Straße zu wollen.

Krankenbesuch

Der dicke 45er Bus, von dessen Sog Willi sich immer die lange Allee hinunterziehen ließ, kam hinter ihnen heran, und sie trennten sich wie jeden Tag an dieser Stelle. Nur war heute ein neuer, ein etwas gehässiger Ton in Willis Abschiedsgruß; trotz des Dröhnens, in das der Bus sie hüllte, hörte Paul ihn in seines Freundes „Denn mach's mal gut!", und es wunderte ihn nicht weiter, daß Willi ihm schon im Davonziehen noch etwas zurief. Obwohl die Worte fast im Lärmen des Diesels untergingen, verstand Paul sie genau; denn er hatte seit dem Morgen ein geschärftes Gehör für solche Töne. Willi brüllte: „Und immer feste durchgreifen, Mann!"

Das kam nun dabei heraus: Er hatte sich breitschlagen lassen, und schon saß er bis zu den Augenbrauen im Ärger.

Es war ein Witz: Seit Wochen hatten alle gesagt, man müsse etwas unternehmen, und alle hatten auf ihn eingeredet, er solle es tun, und nun tat er es, und schon kamen sie ihm mit Spott und mit Schlimmerem.

Ausgerechnet Willi! Dabei krakeelte der doch am lautesten, wenn er seine Bank abschalten mußte, weil nichts mehr da war, was er hätte einspannen können. Gerade der war nie sparsam mit finsteren Drohungen gegen die zweite Abteilung, durch deren Bummelei sie so oft auf dem trockenen saßen. Wer anders als Willi hatte denn dem Meister von der Zweiten zugerufen, einsperren müßte man ihn und seinen ganzen lahmen Verein dazu?

Aber Willi fuhr jetzt schon nach Hause. Gleich würde er in die Pantoffeln kriechen, sich das Abendbrot hinter die Kiemen schieben und sich nur noch dafür interessieren, ob ihm die blonde Fernsehansagerin wieder zuzwinkern würde. Großmaul!

Paul Wittig strampelte indessen nach Heinersdorf zum Fiebermessen.

Er hörte noch ihre Ratschläge vorhin im Waschraum: „Nee, Paule, laß dir man nischt von Temperatur erzählen; det mußte selber prüfen. Aber nicht in der Achselhöhle, da wird's ungenau. ‚Kollege Brummel', sachste, ‚Vertrauen is jut, aber Kontrolle is besser, nun mach dir mal frei und leg dich auf den Bauch und nicht zukneifen!'"

Beinahe hätte Wittig eine Frau umgefahren, die mitten auf der Straße kehrtmachte und dann noch hinter ihm herschimpfte. Er schaltete seine Lampe ein und fragte sich, ob er in diesem Schummer die Laube von Brummel überhaupt finden werde.

Ihm fiel ein, daß er natürlich umkehren und sagen könnte, er habe das Grundstück nicht gefunden; jeder wußte doch, was das für ein Durcheinander in diesen Kolonien war.

Es lohnte sich nicht, weiter darüber nachzudenken, denn so war es nicht zu machen; sie würden sich heiser lachen, und es würde noch schlimmer sein als heute. Heute hatten sie nur gestichelt, aber dann würden sie ihn für einen Feigling halten. Außerdem, der Zustand in der Halle, den er genausowenig mochte wie sie, bliebe dann, wie er war: Ausfallstunden, Norm nicht erfüllt, weniger Geld im Sack.

Die einzige Hoffnung war, daß dieser Brummel und der Freese, zu dem er auch noch sollte, mit einem dampfenden Eisbeutel auf dem Kopf oder mit dem Arm in der Schlinge im Bett lagen, so daß er mit einem „schönen Gruß auch von den Kollegen“ und „sollte nur mal nach dir sehen“ davonkam. Wenn sie krank genug waren, merkten sie vielleicht gar nicht, was er wollte, und er konnte dann nach Hause fahren zu seinen Pantoffeln, dem Abendbrot und dem Fernsehmädchen – wie Willi.

Und morgen früh würde er denen im Betrieb etwas erzählen, von wegen Vertrauen zu den Kollegen, und daß sie das mit ihm nicht noch einmal versuchen sollten. Paule Wittig als Krankenbesucher, als Mandelbeschauer, wie Willi gesagt hatte, pfui Deibel – nicht noch mal, nicht mit Paule Wittig!

Hinter der Rennbahn bog er in den Kolonieweg ein. Auf dem Tor stand in verwitterten Buchstaben „Zum kühlen Grunde“. Dritter Gang links, zweite Laube, hatten sie ihm gesagt.

Wenn die beiden wirklich krank waren, würden sie in der Dreherei sehen, daß er sich zu Recht gesträubt hatte und daß es durchaus kein schiefes Beispiel war – wie der Parteisekretär ihm hatte weismachen wollen –, was er von dem krummen Hund von Krankenbesucher erzählt hatte, der in alten Zeiten immer schnüffeln gekommen war, zu ihm sogar, als er mit der Lungenentzündung lag. Nein, er wäre nie gegangen, wenn ihm der Werkstattschreiber aus der Zweiten nicht das Buch unter die Nase gehalten und bewiesen hätte, daß Brummel und Freese tatsächlich reichlich oft nicht zur Arbeit kamen, und wenn er ihm nicht vorgerechnet hätte, wieviel auch ihn das schon gekostet hatte, und wenn die anderen ihm nicht mit dem Schmus vom alten Kollegen, auf den man hört, und vom allgemeinen Nutzen gekommen wären. „Wenn det überhaupt einer kann, dann bist du det, Paule“, hatten sie gesagt, und schließlich hatte er zugestimmt.

Aber nach Feierabend unter der Brause erkundigten sie sich schon, wo er denn sein Hörrohr habe, und Willi streckte aus dem Gesicht voll Seifenschaum die Zunge und röchelte andauernd „Aah!“.

Dritter Gang links, zweite Laube, hier war es. Auf dem Nachbargrundstück schlug ein Hund an und ermunterte ein paar andere mitzutun.

„Nun macht mal halblang“, brummte Wittig, während er sein Rad an den Zaun schloß. „Mist verdammter“, sagte er, als er sich über den Gartenweg tastete, aber er meinte gar nicht die Dunkelheit. Eine Frau öffnete auf sein Klopfen, eine ziemlich massive Frau, mindestens so groß wie er und beinahe breiter. „Schön' guten Abend“, sagte Wittig und tippte an seine Mütze, „ich wollte zu Brummel.“

„Der wäscht sich grade“, sagte sie, „kommen Sie rein.“

Sie öffnete ihm die Tür zur Küche. Brummel stand mit nacktem Oberkörper über den Ausguß gebeugt und rieb seinen Hals. Das dampfende Wasser im Becken war schmutzigbraun.

„Hier will jemand zu dir“, sagte die Frau. Brummel strich sich das Wasser aus den Augen und sah Wittig erstaunt an. Dann fing er dessen Blick auf und sah an sich herunter zu den blauen Arbeitshosen und den lehmverschmierten Gummistiefeln.

„Tag“, sagte Wittig, „nimmst du Moorbäder?“ Er war merkwürdig erleichtert; es würde Ärger geben, aber er brauchte sich nicht zu entschuldigen.

Brummel schien über die Frage nachzudenken, dann

wandte er sich zu seiner Frau: „Ist die Stalltür schon zu?"

„Ist zu", sagte sie und schob Wittig einen Stuhl hin.

Brummel trocknete sich umständlich ab, bis Paul Wittig sagte: „Du wirst dir noch das Ohr abreißen!"

Brummel fuhr in sein Hemd. „Ich bin morgen wieder in der Bude; dann reden wir, hier nicht, hier rede ich nur, mit wem ich will, nur mit jemand, den ich eingeladen habe."

„Was bist du denn so patzig", fragte die Frau, „du hast das Hemd verkehrt rum an, und was gibt es denn zu reden zwischen euch, was hier nicht geht?"

Paul Wittig stand auf und griff nach seiner Mütze, aber die Frau schüttelte den Kopf. „Nun laufen Sie mal nicht gleich wieder weg. Hat er was bei Ihnen gepumpt?"

Wittig sah Brummel an, aber der tat, als hätte sein Hemd tausend Ärmel, unter denen die zwei richtigen erst einmal gefunden sein wollten.

„Keine Schulden", sagte Wittig, „es ist wegen der Arbeit."

„Habt ihr wieder welche?" fragte die Frau, und Paul Wittig wunderte sich über den Spott, der darin mitklang.

Ehe er antworten konnte, fuhr Brummel dazwischen: „Also, was ist mit dem Abendbrot, Meta? Ich hab gesagt, ich rede morgen mit ihm, und damit basta!"

„Und ich hab schon öfter gesagt, daß ich dein ‚basta' nicht leiden kann", sagte sie, „und wenn die Sache bis morgen Zeit hätte, würde der Mann ja wohl nicht heute hierherkommen."

Wittig wurde langsam wieder wütend; er verfluchte seinen Auftrag und sich, weil er ihn angenommen, und seine Kollegen, von denen er ihn aufgehängt bekommen hatte, und Brummel, der es ihm so schwer machte, ihn auf anständige Weise zu erledigen.

Er sah zu der Frau hinüber, und er merkte plötzlich, daß er auf ihre Hilfe wartete. Er verglich die Frau und ihren Mann miteinander und fragte sich, welcher Wind diese beiden zusammengeweht haben mochte, und als ob er jetzt nichts anderes zu tun hätte, überlegte er, ob er wohl mit einer Frau dieser Art leben könnte. Nie, sagte er sich, nie ginge das. Er mußte das Gefühl haben, gebraucht zu werden, nötig zu sein, aber die hier würde einem Mann nie die Chance geben, ihr zu helfen. Und das war nichts für Paul Wittig.

„Hör mal, Brummel", sagte er, „das beste ist, wir boxen die Sache gleich aus, du kannst nicht einfach sagen: Morgen komme ich wieder, und damit ist die Sache aus der Welt. Dazu ist das jetzt zu oft passiert."

Brummel schien den versöhnlichen Ton zu überhören. „Da gibt es nichts zu boxen", knurrte er stur, „was ich mache und was ich nicht mache, ist meine Sache."

„In diesem Fall auch meine", sagte Wittig, „oder wenigstens unsere."

„Und meine", setzte die Frau hinzu.

Brummel zerrte seine Gummistiefel von den Füßen. „Ich hätte gute Lust, dich rauszuschmeißen."

Seine Frau drehte sich um. „Die Stiefel hättest du schon lange ausziehen sollen", sagte sie, „jetzt kannst du dich noch mal waschen. Und was ich vom Rausschmeißen halte, weißt du ja. Ich möchte aber nun langsam wissen, warum du dich so aufpustest. Dein Kollege kommt her, um dir zu sagen, daß wieder Arbeit da ist, und du pustest dich wer weiß wie auf."

„Sie reden immer von einer Arbeit, die wieder da ist,

Frau Brummel", sagte Wittig, „die war doch gar nicht weg, die Arbeit, nur Brummel war weg."

Frau Brummel war gerade dabei, Tee aufzubrühen. Für einen Augenblick wanderte der dampfende Wasserstrahl von der Mitte der Kannenöffnung an ihren Rand, dann sagte sie: „Natürlich, ich hab da wohl etwas durcheinandergebracht." Sie sah Brummel kurz an und wandte sich wieder zu Wittig: „Nun trinken Sie man eine Tasse Tee mit uns und vergessen Sie die Geschichte. Es kommt ja mal vor, daß sich einer aufregt und weiß nicht, warum."

„Kommt vor", sagte Wittig. Er griff nach der Tasse, und dann ärgerte ihn, daß er das gesagt hatte und daß er den Tee nahm. Eigentlich müßtest du ihr reinen Wein einschenken, dachte er, aber dann wußte er, daß das gar nicht mehr nötig sei – die Frau hatte längst begriffen, was ihm selbst langsam dämmerte, und sie würde das schon mit ihrem Brummel abmachen. Und eine Sache, dachte er, die die abmacht, die ist abgetan, ein für allemal.

Brummel setzte sich an den Tisch und beugte sich über seine Tasse. „Heiß", sagte er.

„Das ist gesund", sagte seine Frau, und da fiel Wittig ein, an wen sie ihn die ganze Zeit erinnert hatte. An die Schwester im ukrainischen Lazarett, die ihm durch lange Fieberwochen Tag für Tag mit genau diesem „Das ist gesund!" scheußlich schmeckende Dinge zwischen die Zähne gepreßt und Spritzen verpaßt hatte, an die er heute noch dachte.

Er konnte sich Brummels Frau sehr gut mit einer Schwesternhaube vorstellen oder, was ja eigentlich etwas ganz anderes war und auch wieder nicht, mit einem Stück Kreide in der Hand vor einer schwarzen Tafel oder sogar hinter einem Richtertisch. Wirklich merkwürdig, daß die sich mit so einem Brummel begnügte und mit dessen Laube. Aber sicher hatte sie genug zu tun mit dem Garten und dem Viehkram, der bestimmt nicht fehlte. Und wenn sie sich mit dem Brummel zufriedengab, so wie er war, dann würde sie schon wissen, warum; wer weiß denn schon, was dran ist an so einem, wer kann das schon wissen außer seiner Frau.

„Jetzt muß ich aber los", sagte Paul Wittig, „da ist noch einer, der nicht weiß, daß wieder Arbeit da ist."

Er konnte es sich nicht verkneifen, das „wieder" vielsagend in die Länge zu ziehen, aber die Frau tat, als bemerke sie es nicht. Brummel aber sah ihn böse an, doch er schluckte hinunter, was er eigentlich sagen wollte, und fragte: „Wer denn?"

„Freese", sagte Wittig kurz.

Brummel grinste schadenfroh. „Na, denn viel Vergnügen, der Junge ist ein Schläger."

„Ich hab's gehört", sagte Wittig, „vielen Dank für den Tee, Frau Brummel, Wiedersehen! – Bis morgen denn, Brummel!"

Als er zur Tür hinaustrat, war ihm wie nach dem Genuß von bestimmten Schnäpsen: Erst an der Luft merkte er, was er hinter sich gebracht hatte. Er war da hineingegangen, bereit, sich zu entschuldigen und, wenn es sein mußte, zusammen mit Brummel auf jene zu schimpfen, die ihn zu diesem Besuch gedrängt hatten. Was er tun wollte, wenn er Brummel wirklich beim Bummeln erwischte, hatte er sich nicht zurechtgelegt, nur soviel stand fest: Er war auch für diesen Fall bereit gewesen, die Sache gütlich zu regeln und zu zeigen, daß er ein Kumpel war und kein Krankenbesucher und Mandelbeschauer alten Schlages. Aber das schien dieser Kerl überhaupt nicht begriffen zu haben; der sah nur, daß er ihm mit einem Auftrag des Betriebes ins Haus kam, und ließ keine Unterschiede gelten. Ohne die Frau hätte das sonstwohin geraten können.

Und doch ärgerte es ihn jetzt, daß er sich von ihr die Sache hatte aus der Hand nehmen lassen. Womöglich saßen die beiden jetzt in ihrer Küche und lachten sich eins auf seine Kosten.

Wenn auch irgend etwas in ihm protestierte und die Frau in Schutz nahm, kam doch die Wut wieder. Aber er merkte, daß sie sich jetzt weniger gegen seinen Auftrag und seine Auftraggeber als eher gegen Brummel und Freese richtete. Er wehrte sich nicht dagegen, denn bei Freese, von dem er üble Sachen gehört hatte, konnte er die Wut gebrauchen.

Diesmal würde es kein Herumdrucksen geben und keine Bereitschaft, sich zu entschuldigen. Und auch mit irgendwelchen Frauenzimmern würde er sich diesmal nicht einlassen, an was für eine Madonna auch immer sie ihn erinnern mochte. Diesmal gab es nur eins: rein, nachsehen, ob er krank ist, wenn er krank ist, auf Wiedersehen; wenn er nicht krank ist, Kattun geben, Bescheid stoßen von wegen Kollegen sitzenlassen, auf anderer Kosten einen faulen Lenz schieben, ohne Blatt vorm Mund; und wenn der einem dämlich kommt, gar nicht erst so lange warten, bis der zuhaut, wie neulich in der Werkstatt, sondern gleich eins an den Hals und fertig.

Dieser Freese mußte eine merkwürdige Type sein, nach allem, was man so hörte. Es hieß, er sei bei der Arbeit sehr tüchtig – wenn er da war. Aber er war eben oft nicht da. Und gerade wegen seiner Tüchtigkeit merkte man sein Fehlen besonders.

Angeblich war er früher auch ganz friedlich und verträglich, aber seit einiger Zeit schien etwas mit ihm durchgegangen zu sein. Haut doch einfach einem anderen aufs Maul, bloß weil der ihm zuviel Witze erzählt! Na, Junge, Paule Wittig wird dir keine Witze erzählen, und hauen läßt er sich auch nicht!

Jedesmal, wenn er über diese Straße hinter der Rennbahn fuhr, fragte Wittig sich, wieviel Autofedern sie wohl schon gekostet haben mochte. Aber vielleicht, so dachte er jetzt, hatten sie beim Straßenbau auch so ein paar Brummels und Freeses und kamen deshalb nicht zu Rande. Wenn es so war, dann täten die gut daran, auch einmal an einige Türen zu klopfen, so wie er es jetzt tat.

Sein Freund Willi fiel ihm wieder ein. Den würde er mitnehmen, wenn es wieder einmal so einen Auftrag geben sollte. Der hatte sich heute so dickegetan, dem könnte es gar nicht schaden, wenn ihm ein paar Späne abgehobelt würden. „Paule“, hatte er gesagt, „bei dem Freese mußte uffpassen, der haut, und der jüngste biste ja ooch nich mehr!“

Das stimmte sogar; Wittig merkte es, als er die drei Treppen zu Freese hinaufstieg. Er wartete, bis ihm der Atem wieder leichter ging, ehe er auf den Klingelknopf drückte. Von einer Glocke war nichts zu hören. Abgestellt, dachte er, kennen wir, haben wir früher selber gemacht, wenn die Miete fällig und das Geld noch nicht da war. Er pochte hart gegen die Tür.

Unten auf der Treppe rief jemand: „Nicht klopfen, ich komme!“

Na also, dachte Wittig, Freund Freese liegt auch nicht im Bett! Freund Freese hat einen Spaziergang gemacht, einen Genesungsspaziergang natürlich, und er tapst so schwer die Treppe herauf, daß man meinen könnte, er habe auch ein kleines Genesungsschnäpschen . . . Na, komm nur hoch!

Wittig steckte die Hände in die Joppentaschen und lehnte sich an die Flurwand, die einen neuen Anstrich längst nötig hatte. Jetzt schön ruhig bleiben, dachte er, und abwarten, was der saubere Herr Kollege zu erzählen weiß.

Freese erschien auf dem Treppenabsatz. Er trug zwei mit Kohlen gefüllte Eimer und atmete schwer. Er erkannte Wittig nicht, bis er neben ihm stand. Dann setzte er die Eimer ab und sagte: „Schicken sie dich?"

Wittig nahm Freeses Hand nicht; mochte der nur gleich merken, daß dieser Besuch mit Kumpelschaft nichts zu tun hatte.

„Ja", sagte er, „sie schicken mich, und wenn du dir und mir einen Gefallen tun willst, dann erzähle mir jetzt nicht, daß du nur rasch mal aus dem Bett gestiegen bist wegen der Kohlen und weil deine liebe gute Frau doch so zart und schwach ist."

Er war gut einen Kopf größer als Freese und mindestens dreißig Pfund schwerer, und der Gedanke, daß dieses Bürschchen ihm gegenüber handgreiflich werden könnte und daß er überhaupt darüber nachgedacht hatte, belustigte ihn. Zugleich wunderte ihn, daß er sich auf dem ganzen Weg hierher so ein falsches Bild von dem anderen hatte machen können, denn natürlich hatte er ihn schon oft gesehen, an der Maschine, in der Kantine, bei Versammlungen und im Waschraum. Und dennoch hatte er die ganze Zeit die Gestalt eines bulligen Schlägers vor Augen gehabt.

Aber daran waren diese wilden Geschichten schuld, die die anderen aus der Nachbarabteilung erzählten: „Also, der Max, der dicke Moppelfahrer, ist gerade wieder bei seiner Spezialität und erzählt den tausendsten Irrenwitz, da kommt doch dieser Freese vom Langhobel und sagt, er soll das Maul halten. Das war ein Ding, Max und das Maul halten, und dann noch, wenn er gerade einen Idiotenwitz erzählt! Max quatscht natürlich weiter, und die anderen ermuntern ihn noch. Geht der Freese doch auf Max zu und knallt ihm eine, daß der sich zwischen die Kaffeekübel auf seinem Moppel legt! Wat sachste denn zu so wat? Muß doch wohl selber 'n Irrer sein."

Freese hörte Wittig ruhig zu; nur sein Adamsapfel bewegte sich, und über dem Kiefer zuckte der Muskel. Er drehte sich zur Tür und sagte: „Du bist von der Sorte, der man nichts vormachen kann, nicht wahr? Du hast eine Meinung, und das ist was Eisernes, stimmt's?" Er wandte sich wieder um und sah auf Wittigs Joppentaschen.

„Als ich losfuhr", sagte Wittig, „war ich der Meinung, du liegst im Bett und bist krank, und jetzt bin ich der Meinung, du bist nicht krank. Ist daran was falsch?" Er nahm die Hände aus den Taschen und legte sie auf den Rücken.

„Nun weißt du also, daß ich nicht krank bin", sagte Freese, „das wäre es denn wohl." Er drehte sich wieder zur Tür.

Paul Wittig war mit seiner Geduld an Ende; er packte Freese an der Schulter und fuhr ihn an: „Hör mal, ich hab zwar keine Lust, hier auf dem Treppenflur meine Zeit mit dir zu vertun, aber das laß dir schnell noch stekken: Du hast keinen Grund, den Beleidigten zu spielen. Du hast uns beschissen, nicht wir dich; du hast schon ein paarmal gefehlt und am anderen Tag Geschichten von einem dicken Hals oder so erzählt, und du würdest es morgen wahrscheinlich wieder getan haben, wenn ich dies hier nicht gesehen hätte. Daß du's nur weißt: Ich hab mich nicht nach dieser Sache gedrängt, ich hab mich sogar dagegen gewehrt, aber ich bin dann doch gefahren, weil es auch mein Geld kostet, wenn Brüder wie du blaumachen. Ich hab mich nicht gedrängt, aber leid tut's mir nun nicht mehr. Ich war eben schon bei einem von deiner Sorte; mir langt's. Jetzt mache du nur auf gekränkte Unschuld! Nimm bloß deine Kohlen und schieb rein zu deiner Mama; den Rest kannst du morgen im Betrieb erzählen, das heißt, wenn du dann schon wieder auf den Beinen stehen kannst ..."

Er ließ Freese, der ganz stillgehalten hatte, los und stieg über die Eimer. Er war schon ein paar Stufen die Treppe hinunter, als er den anderen rufen hörte.

Freese nahm die Eimer und stieß die Tür auf. „Komm mit", sagte er.

Es kostete Wittig Überwindung, aber er kehrte um. Er hob ein Stück Holz auf, das vor der Schwelle liegengeblieben war, und trat in den Korridor.

Freese bewegte sich vorsichtig und setzte die Eimer behutsam ab. „Gehen wir in die Stube", sagte er, er flüsterte fast. „Häng deine Joppe an den Haken."

Paul Wittig winkte ab.

Das Zimmer war offensichtlich erst vor kurzem neu hergerichtet worden. Die hellen Tapeten und die bunten Gardinen paßten gut zueinander. Den Möbeln sah man an, daß sie nicht zu gleicher Zeit gekauft worden waren. Bei Paul Wittig war es nicht viel anders als hier. Nur so eine Menge Bücher hatte er nicht, und mit den Bildern schien Freese auch eine glücklichere Hand gehabt zu haben oder mit der Verwandtschaft, was in diesem Falle auf dasselbe hinauslief.

Wittig musterte den kleinen Sessel, den Freese ihm zuschob, und zog dann doch die Joppe aus. „Sonst passe ich nicht rein“, sagte er.

Es war ein Fehler, daß er mit hineingegangen war. Er hätte es mit der Sache auf der Treppe gut sein lassen sollen und den Rest morgen erledigen können. Jetzt saß er in der guten Stube und mußte sich danach benehmen. Gleich würde der andere ihm zu rauchen anbieten und ihn mit einer rührseligen Geschichte vollquatschen. Der Zigarette konnte man zuvorkommen, und noch war sogar Zeit, dem Freese die Lust zum Märchenerzählen zu nehmen. Er zog seine Casino aus der Tasche und hatte, ehe er es sich versah, dem anderen schon die Schachtel hingehalten. Das tat man eben.

Freese gab Feuer.

Aufpassen, Mensch, dachte Wittig, jetzt schnell das richtige Wort, sonst geht die ganze Sache schief, und du trinkst noch einen Schnaps mit diesem Leisetreter! Er suchte noch nach einem passenden Anfang, als er Freese sagen hörte: „Du bist Wittig, nicht?“

Natürlich, das hatte er vergessen! Man platzte nicht einfach zu jemandem herein und sagte nicht einmal seinen Namen. „Ja“, sagte er rasch, „Paul Wittig.“

„Bist du verheiratet?“ fragte Freese.

Der hatte Nerven, der tat wirklich, als schlössen sie eine Reisebekanntschaft.

„Ich bin verheiratet“, sagte er bissig, „bald dreißig Jahre lang. Ich habe zwei Kinder, der Junge ist fast so alt wie du, und das Mädchen ist auch schon verlobt; meine Frau ist achtundvierzig, wiegt hundertundzwölf Pfund und ist gesund.“

„Meine nicht“, sagte Freese. Er sah zu einem Foto auf dem Bücherbord, und Wittig folgte seinem Blick. Dabei dachte er: Entweder ist der Bursche zu dumm, um den Hohn gehört zu haben, oder er ist so kaltschnäuzig, daß er in aller Ruhe auf sein Stichwort gewartet hat.

Die Frau auf dem Foto war schmal und dunkel und mochte etwa zwanzig gewesen sein, als die Aufnahme gemacht worden war. „Nettes Bild", sagte Wittig, fügte dann aber, da er merkte, daß er schon wieder in eine Unterhaltung hineinrutschte, fast knurrend hinzu: „Was hat sie denn, die Masern?"

„Nicht die Masern", sagte Freese und wandte sich ab.

Wittig wartete einen Augenblick, dann sagte er: „Gut, deine Frau ist also krank, und deshalb bist du zu Hause geblieben. Deine Frau ist öfter krank, denn du bleibst öfter zu Hause. Aber warum erzählst du uns, du seist krank?"

Freese sah Wittig lange an und sagte dann, als habe er die Frage gar nicht gehört: „Hast du deine Frau gern?"

Was soll das, dachte Wittig, was hat denn meine Frau mit dieser Sache zu tun, hier geht es um den Betrieb und um die Arbeit und um sonst nichts, was soll das Gefrage? „Ich bin dreißig Jahre mit ihr verheiratet", sagte er, und er dachte: Das wird ja wohl als Antwort genügen.

Freese sah wieder zu dem Bild hinüber. „Bei uns sind es vier Jahre. Unser Junge ist auch vier Jahre; wir hatten es ein bißchen eilig. Er ist jetzt bei der Großmutter . . ."

Das war endlich wieder etwas, an dem Paul Wittig sich festhalten konnte, um nicht in den Strom von Freeses Erinnerungen gespült zu werden. „Kann die denn nicht nach deiner Frau sehen? Du fehlst uns doch, Mensch!"

„Wir haben es versucht", sagte Freese, „es ging

nicht.“ Er drückte die Zigarette aus und stand auf. „Wir haben, genau ein Jahr nachdem wir uns kennengelernt hatten, geheiratet, am gleichen Tag, am vierten November. Gesehen haben wir uns zum erstenmal in einer Leihbibliothek oben am Arnswalder Platz. Draußen war dichter Nebel, und sie hatte kleine Tropfen davon in ihrem Haar. Die waren schuld an der ganzen Geschichte. Sie sah mich gar nicht, kramte nur in den Büchern und konnte sich wohl nicht entscheiden. Ich hab immer nur auf die winzigen Tropfen in dem schwarzen Haar geguckt; ich glaub, ich bin ziemlich nahe rangegangen. Schließlich drehte sie sich um und sah mich an, als hätte ich was von ihr gewollt. Ich wollte mich schon verziehen, da sah ich, daß diese Tröpfchen auch auf ihren Augenbrauen saßen, wie ganz kleine Perlen oder winzige Seifenblasen. Ich blieb also stehen und besah mir das ... Wir haben oft darüber gesprochen, und sie weiß auch nicht, warum sie sich das gefallen lassen hat. Jedenfalls hat sie eine ganze Weile ruhig dagestanden und zugesehen, wie ich ihr ins Gesicht starrte. Schließlich hat sie wohl doch gemerkt, was es war, und hat ihr Taschentuch rausgeholt. Ich werde nie herausfinden, woher ich plötzlich den Mut nahm – ich war nämlich nie mutig, schon gar nicht in solchen Sachen –, Tatsache ist aber, daß ich ihre Hand festhielt und daß sie es sich gefallen ließ. Ich hielt sie beim Handgelenk und merkte plötzlich, daß ich anfing, ihren Puls zu zählen. Sie muß mich für verr ..., sie muß gedacht haben, mit mir sei etwas nicht in Ordnung. Später hat sie jedenfalls immer behauptet, sie hätte sich das nur aus Angst gefallen lassen, aber ich glaube es nicht, denn ich hab doch ihren Puls gefühlt, und der ging ganz ruhig. Schließlich hat sie angefangen zu lachen, und da war der Zauber denn aus, oder vielmehr, von da an war es ein anderer Zauber.

Mann, konnte die lachen ...

Einmal im Leben bin ich klug gewesen, und das war damals: Ich hab mitgelacht. Wir kamen gar nicht zu Ende damit, bis die Bibliothekarin den Kopf um die Ecke steckte und fragte, ob sie uns ein Sofa reinstellen solle."

Paul Wittig nahm das Bild von Freeses Frau und betrachtete es genau. Daß die lachen konnte, war gut zu glauben. Er ertappte sich dabei, daß er ihr Haar nach den Nebeltropfen absuchte. Er schob das Bild rasch auf das Bord und sagte:

„Das ist 'ne hübsche Art, sich kennenzulernen. Und nun ist sie krank, was?"

Freese nickte und zündete sich eine neue Zigarette an. „Ich bin dann mit ihr bis zu ihrer Haustür gegangen. Sie wohnte in einem Kasten wie diesem, im Bötzow-Viertel. Keiner von uns weiß mehr, was wir alles zusammengeredet haben, es wird schön krauses Zeug gewesen sein. Die Jungens an den Ecken im Kietz machten genau die Bemerkungen, die man bei solcher Gelegenheit eben macht und die doch nichts daran ändern, daß ein Mädchen mit einem Fremden läuft. Trotzdem gab es keine Schlägerei, und ich weiß genau, wenn es eine gegeben hätte, dann wäre die Geschichte am selben Tage ausgewesen, an dem sie begonnen hatte. Sie hielt nichts von solchen Sachen und fragte nicht, wer schuld war; ich bin schnell genug dahintergekommen und hab mich immer rausgehalten ..."

„Jedenfalls, wenn sie dabei war", warf Wittig rasch ein.

Freese brauchte einen Augenblick, ehe er begriff.

„Ach", sagte er dann, „du meinst die Sache mit Max. Ich hab mich bei ihm entschuldigt, es kommt nicht wieder vor. Ich konnte nur dieses Gequatsche nicht mehr hören, immer dieselben ekelhaften Geschichten."

„Deshalb schlägt man doch nicht", sagte Wittig, „wegen einem Witz!"

„Ich weiß", sagte Freese, „wegen einem Witz schlägt man nicht!"

Wittig konnte damit nicht viel anfangen, aber da er längst gemerkt hatte, daß dem anderen irgend etwas tief in den Knochen saß, sagte er nichts mehr dazu. Er blickte Freese sogar aufmunternd an, aber der hätte wohl auch so weitergesprochen; er hatte es offenbar lange genug in sich hineingefressen.

„Wie das dann so geht", sagte er, „wir haben uns von da an fast jeden Tag gesehen. Sie war bei Secura in der Feinmechanik und ich beim KWO. Das war ziemlich weit auseinander, aber wen stört so was schon. Im Urlaub waren wir zelten auf Usedom. Mit dem Wetter hatten wir zuerst Glück. Aber an einem Abend war plötzlich Nebel; das passiert ja da oben, daß die Witterung auf einmal umkippt. Da sind wir durch die Wiesen gelaufen, und sie hatte wieder die Perlen im Haar, und es roch so rauchig wie der Nebel, ganz naß war es und auch ihr Gesicht, und ich hab sie festgehalten und gewußt, daß es immer so bleiben würde. Was wußte ich denn . . ."

Paul Wittig rührte sich nicht. Er spürte, daß er jetzt nur zuhören durfte. Er hatte längst seinen Zorn vergessen; er hatte sogar vergessen, warum er hierhergekommen war. Er hätte nicht sagen können, wieso. Die Geschichte war gut anzuhören, aber sie war nicht neu, es gab sie überall und immer wieder, er selbst hatte eine von der gleichen Art erlebt. Und doch war mehr an dieser als an seiner oder den anderen, die er kannte. Er wollte wissen, was es war, und darum schwieg er.

Freese sagte: „Dann kam der Junge, und wir heirateten. Ihre Eltern haben zuerst gemault und meine auch, aber das ist längst vergessen. Wir kriegten die Wohnung und sind eigentlich jetzt erst fertig mit dem Einrichten. Jedesmal, wenn ein neues Stück da war, gab es ein Fest. Wir hatten eine Menge zu feiern, wie du siehst. Nun sollte der Fernseher an die Reihe kommen, aber das werde ich lassen müssen. Sie kann ja nicht einmal mehr das Radio vertragen ..."

Wittig merkte, daß der andere fast nur noch für sich selber sprach und daß er sich quälte.

Paul Wittig war nicht der Mann, der dabei ruhig zusehen konnte. Das Leben hatte ihn zu sehr durch die Mühle gedreht, als daß er nicht gewußt hätte, wie es tut, wenn man ganz unten ist, und der hier war ganz unten.

„Hör mal!" sagte er und suchte nach Freeses Vornamen, den er auf dem Türschild gelesen hatte, „hör mal, Walter, ich weiß nicht, ob das gut ist, wenn du dich da jetzt so reinschmeißt, ich weiß überhaupt nichts, ich sitze hier ziemlich dumm neben dir und merke nur, daß da etwas ist, mit dem du nicht fertig wirst. Ich hab keine Ahnung, ob ich dir helfen kann, aber wenn ich es kann, dann tue ich es. Und ich wüßte keinen im Betrieb, der es nicht auch täte ... Deine Frau ist schwer krank, nicht wahr?"

Freese nickte nur.

„Und du meinst, das wird nicht anders?"

„Es wird nicht anders; es wird nur schlimmer, weiter nichts."

„Aber wenn das so ist, warum ist sie dann hier?

Warum ist sie nicht in einem Krankenhaus? Ich will dich nicht drängeln, aber ich verstehe das nicht, und vielleicht könnte man doch helfen."

Freese sah auf; es war ihm anzusehen, wie sehr er sich zusammennahm. Er sagte hastig, so, als habe er Angst, er würde später nicht mehr die Kraft dazu aufbringen: „Sie war schon im Krankenhaus, monatelang. Ich hätte sie dalassen können, sagte der Arzt. Er sagte, früher oder später wird sie hinmüssen, und dann wird sie nicht wiederkommen. Sie wissen, was es ist, aber sie können nichts dagegen machen, noch nicht, sagt der Arzt, vielleicht später, aber das wird ihr nicht mehr helfen. Sie geben ihr noch ein Jahr, eher weniger. Ich hab gesehen, daß sie gut zu ihr waren, aber ich hab auch gesehen, daß sie trotzdem Angst vor ihnen hatte. Sie läßt keinen an sich ran, nur mich, und manchmal nicht einmal mich. Sie stirbt an nichts anderem als an Angst. Sie fängt an zu zittern, und dann wimmert sie und schreit, und der Schweiß bricht ihr aus den Poren, und sie kennt nichts mehr. Und du stehst dabei und hältst sie fest und kannst nichts, gar nichts machen. Du nimmst sie in die Arme und sprichst zu ihr und möchtest selber schreien vor Angst und Ohnmacht, aber sie hört dich nicht und wimmert nur, und der Schweiß rinnt ihr die Stirn hinunter und rollt in kleinen Kugeln in die Augenbrauen, genau wie der Nebel, und du siehst zu, wie dir unter den Händen vergeht, was du für immer festhalten wolltest, und es reißt dich auseinander. Aber der Arzt sagt dann zu dir, wenn ihr etwas helfen kann, dann ist es deine Ruhe, ruhig mußt du bleiben; aber wie kannst du ruhig bleiben, wenn du zusiehst, wie der einzige Mensch, der je in der Lage war, das Gute in dir nach außen zu krempeln, für den du alles getan hättest, an den du nicht denken kannst, ohne daß du plötzlich merktest, wo dein Herz sitzt, wie kannst du ruhig bleiben, wenn du seinem Sterben zusiehst? Es ist ja nicht alle Tage so, oft wochenlang nicht. Sie ist dann ganz munter und putzt in der Wohnung rum und weiß gar nicht, was mit ihr gewesen ist. Aber dann kommt es wieder; ich merke, wie sie langsam unruhig wird und alles durcheinanderbringt und Dinge redet, die keinen Sinn haben. Bis es dann wirklich schlimm wird, dauert es noch einen Tag oder eine Nacht, und ich hab noch Zeit, Bescheid zu sagen im Betrieb, daß es wieder mal mit meinem Hals nicht so will ..."

Freese hatte das ohne jeden Vorwurf gesagt, aber für Paul Wittig war es einer. Er wollte sich entschuldigen, aber er ließ es, weil er wußte, wie wenig das jetzt bedeutete. Und auch den Wunsch, den anderen bei der Schulter zu nehmen und ihm zu sagen, daß er ihn verstanden habe, daß er jetzt wisse, warum er den Ruf, ein Bummelant zu sein, getragen habe und wie es ihn gezerrt haben mußte, wenn die anderen ihre Idiotenwitze erzählten – auch dies unterdrückte er. Doch er nahm sich vor, obwohl er wußte, daß es kindisch war, nie mehr über einen solchen Witz zu lachen. Natürlich war es Unsinn; diese Sachen wurden nun einmal erzählt, und niemand dachte sich etwas dabei. Viel wichtiger war etwas anderes; viel wichtiger war, daß niemand auf die Idee gekommen war zu fragen, warum Freese hinging und einen anderen wegen so einer Lappalie niederschlug.

Warum, zum Teufel, hatte niemand gefragt: Was ist mit dem, warum ist er jetzt so, wenn er doch früher anders war? Was ist los mit uns, daß wir erst an unserem Geldbeutel merken: Hier ist etwas nicht in Ordnung! Und wie kommen wir dazu zu glauben, weil da ein

Brummel ist, seien alle, bei denen etwas nicht stimmt, Brummels? Was ist los mit uns, wenn wir uns sowenig kennen? Wieder setzte sich Wittigs Hilflosigkeit in Wut um, aber es war eine für ihn unaussprechbar andere Art von Wut, er spürte nur, daß er diesmal endlich recht hatte mit ihr, weil sie nicht nur auf einen Punkt zielte, sondern an den in vielen Jahren verhärteten Knoten einer drosselnden Fessel zerrte.

Sicher, er würde denen morgen im Betrieb etwas erzählen. Nicht das, was er ihnen hatte sagen wollen, als er zu Brummel gefahren war, voll Widerwillen gegen seinen Auftrag und gegen die, die sich auf so unsinnige Art gegen ihn kehrten, als er ihn schließlich doch angenommen hatte; auch nicht das, was er ihnen sagen wollte, als ihn dieser Brummel so auf Touren gebracht hatte und er bereit gewesen war, Freese zu Mus zu schlagen; nein, er würde ihnen etwas ganz anderes erzählen, und er war sicher, ein bißchen würde sich ändern, denn schließlich hatte er sich seit dem Feierabend auch geändert und nicht nur ein bißchen.

Bevor ihr das Maul aufreißt, würde er ihnen sagen, reißt die Augen auf und die Ohren und setzt euren Grips in Gang. Wenn es in eurer Maschine klappert, dann schreit ihr ja auch nicht gleich um Hilfe und sagt, die Maschine sei Mist, denn ihr kennt sie ja lange genug. Wenn es im Getriebe geknackt hat, kriegt ihr einen Blick wie ein Doktor, und beim Mittagessen bleibt euch der Löffel vorm Mund stehen, weil euch was eingefallen ist. Und wenn es das dann doch nicht war, dann holt ihr euch den Kumpel von der anderen Bank, und ihr geht alle Möglichkeiten durch, eine nach der anderen, bis ihr es habt. Aber wieso laßt ihr euch, wieso lassen wir uns, wenn es um uns selber geht, immer nur eine Möglichkeit? So, der säuft? Na, denn säuft er eben! Ach, der schlägt? Da ist er also ein Schläger! Aha, der geht nach den Kranken sehen? Der Fall ist klar: Der Kerl ist ein Mandelbeschauer! Bei der Arbeit machen wir schon längst nicht mehr alles so, wie es seit eh und je gemacht wurde, wir haben uns angewöhnt, der eine mehr, der andere weniger, über sie nachzudenken. Jetzt sollten wir das auch mal mit uns machen ...

Wittig stand auf und zog seine Joppe an. „Wenn du willst", sagte er, „komme ich jetzt öfter mal rum."

„Das wäre fein", sagte Freese.

Sie gingen leise über den Korridor, und auf dem Treppenflur fragte Wittig: „Hat der Arzt etwas gesagt, ob dir nicht doch jemand anders bei deiner Frau helfen kann, einer, der keine Angst hat und ihr keine Angst macht? Ich kann mir gar nicht denken, daß es so was nicht geben soll."

Freese hob die Schultern. „Du weißt doch, wie das in den Krankenhäusern ist; die Schwestern sind junge Dinger, und wenn nicht, dann haben sie so viel um die Ohren, daß für einen Fall wie diesen nicht genügend Zeit und Geduld bleibt. In der Verwandtschaft und bei den Nachbarn ist auch keiner, der die Nerven hätte. Ich glaube, Menschen, die sich so in der Gewalt haben und auch das Herz dazu, die gibt es nur ganz selten."

„Sicherlich", sagte Paul Wittig, „man müßte wohl lange suchen."

Er stieg auf sein Rad und war schon auf der Suche.

Die Werbung

Sollte mich die Jugendkommission der Druckerei in den nächsten Tagen zu einer Aussprache einladen, so werde ich mich nicht weiter wundern. Genaugenommen erwarte ich die Einladung sogar, denn ich bin mir meiner Schuld durchaus bewußt.

Ich höre schon, wie der kleine Maschinenmeister mit den zusammengewachsenen Augenbrauen, der den Vorsitz führen wird, von meinem Verhalten berichten und mich fragen wird, wie um alles in der Welt ich denn so eine Entwicklung habe nehmen können und ob ich tatsächlich schon vergessen habe, woher ich gekommen sei.

Im Grunde wird er mich für so eine Art Verräter halten, und er würde, wenn es nur seinen Teil der Geschichte gäbe, allen Grund haben, sich damit im Recht zu fühlen.

Ich will seinen Teil der Geschichte erzählen: Als ich vor zwei Wochen zum Umbruch in den Betrieb gekommen war – ich kam seit zwei Jahren jeden Monat einmal mit meiner Zeitschrift –, hatte er mich beiseite genommen und gesagt: „Hör mal, Genosse, du könntest eigentlich mal was für die Arbeiterklasse tun . . ."

Ehrlich gesagt, ärgerte ich mich ein bißchen über dieses „mal", aber so wichtig war es nun auch wieder nicht, und darum schluckte ich es. Der Vorsitzende sagte: „Es handelt sich um diesen Jakob, den Setzer, der euch immer eure Zeitschrift macht, nimm dir den doch mal vor, der müßte studieren."

Wer weiß, wie rar gute Setzer sind, der weiß auch, wie ich über diese Eröffnung staunte. Der Maschinenmeister bot mir eine Zigarette an, und dann erklärte er mir die Sache: „Wir könnten ihn natürlich hier gut brauchen, aber wozu haben wir schließlich die Universität, wenn nicht für unsere Leute ... Das wäre also klar, der Haken an der Sache ist nur, der Junge will nicht, er sagt, er macht seinen Meister und das genügt ihm! Sprich du mal mit ihm, du hast das ja schon hinter dir, vielleicht kriegst du ihn rum." Er überlegte einen Augenblick, dann schüttelte er den Kopf und sagte: „Komisch genug, daß man zu so was einen rumkriegen muß."

Was der Vorsitzende sagte, war goldrichtig: Wenn einer auf die Universität gehörte, dann war es der Setzer Jakob; er hatte aber auch darin recht: Wenn einer nicht auf die Universität wollte, dann war es wieder der Setzer Jakob.

Jakob und ich, wir hatten uns gar nicht so leicht aneinander gewöhnt. Seitdem ich vor zwei Jahren zusammen mit ihm den ersten Umbruch gemacht hatte, sind wir einige Male hübsch aneinandergeraten, und die Schuldfrage stelle ich besser nicht. Jakob ist der geborene Kritiker, und ich bin nicht gerade ein geborener Selbstkritiker.

Allerdings, er hat aber auch eine merkwürdige Art, einem etwas unter die Nase zu reiben. Er sagt nicht etwa: „Sie haben da bei der Korrektur einen Zwiebelfisch übersehen"; er sagt eher: „Das ist recht, daß Sie die verstellten Buchstaben so stehenlassen wollen, dadurch bekommt der Artikel wenigstens ein bißchen was Originelles." Er hat es mit der indirekten Methode: Er sagt mir keineswegs, daß er die oder die Karikatur reichlich blöde finde, sondern er fragt mich, ob ich mir den Witz ganz allein ausgedacht habe.

Schon der Anfang zwischen uns beiden war lieblich: Als ich zum erstenmal die Treppe zur Setzerei hinaufgestiegen und an der Tür mit dem Schild „Arbeitsraum für Redakteure“ vorbeigekommen war, hatte ich sehr wohl gesehen, daß jemand hinter „Arbeits“ ein sauberes und vielsagendes Fragezeichen eingefügt hatte. Dieses Fragezeichen, diesen grafischen Zweifel, ob denn die Tätigkeit eines Redakteurs wohl Arbeit zu nennen sei, hatte ich noch vor Augen, als mich der Meister mit Jakob bekannt machte.

Der musterte mich ohne viel Zurückhaltung, und ich glaube, er grinste schwach, als er sah, daß ich den Duden und Liebknechts Fremdwörterbuch mitgebracht hatte. Er schien nicht zu wissen, auf welch merkwürdige Ausdrücke sich manche Artikelschreiber versteifen.

Ich zeigte ihm, daß ich auch ganz schön skeptisch gucken kann, und ich merkte, daß mir mein Blick mehr als skeptisch geriet, als ich unsere Manuskripte in Jakobs Händen gewahrte und die beiden dicken Fragezeichen auf dem obersten Blatt.

Eigentlich hätten wir wohl ein paar Höflichkeiten austauschen müssen, neu wie wir miteinander waren, aber nun unterblieb es. Ich tippte auf die Manuskriptseite und fragte: „Wer schmiert denn hier drin rum?“

Er blies die Nase etwas auf und sah mich ziemlich stur an; er hatte eine Menge Sommersprossen. Zugegeben, mein Ton war der freundlichste nicht, aber die Kringel auf dem Blatt erinnerten mich allzusehr an das Fragezeichen auf dem Türschild.

Er legte den Manuskriptpacken auf das Setzerpult neben sich, verschränkte die Arme und sagte: „Entschuldigen Sie man, Herr Kollege, daß ich mir was gedacht habe bei der Arbeit, es soll auch gewiß nicht wieder vorkommen."

Dann verfiel er in einen geschäftsmäßigen Ton und fragte, ob wir anfangen könnten.

Es war nicht nur, weil ich wußte, daß ich mir einen Haufen Ärger sparen würde, wenn ich mit dem Setzer ins reine käme, mir war auch klar, daß ich mich reichlich aufgeblasen hatte, und darum bat ich ihn, mir zu sagen, was es mit den Fragezeichen auf sich hätte.

Es stellte sich heraus, daß er mit dem einen völlig und mit dem anderen doch wenigstens halbwegs recht hatte, und wir verloren in dieser Schicht eine Menge Zeit, weil es immerhin eine ganze Weile dauerte, bis ich das einsah.

Von nun an aber waren die Fragezeichen legitim, und es zeigte sich immer, daß Jakob die Zeichen keineswegs an den Rand setzte, um mir einen Fehler einzureiben; sie sollten ihn bei meinem Erscheinen daran erinnern, daß er dies oder das von mir erklärt haben wollte.

Jakob wurde mit der Zeit eine Art Gütekontrolleur, und ich bin ganz sicher: Wenn ich bei Redaktionsschluß die Artikel durchsah, dann überprüfte ich sie auch auf Stellen, an denen eines von Jakobs Fragezeichen zu gewärtigen war.

Ich färbte schön, würde ich sagen, er hätte immer recht gehabt; es gab oft genug Dinge, die er nicht verstehen konnte, weil er einfach nicht genug wußte, und – ich glaube, das darf ich ruhig sagen – manches Mal, wenn wir uns unterhalten hatten, wußte er wieder etwas mehr. Und immer dann war ich fest davon überzeugt, daß er auf die Universität gehörte.

Er war nach der Grundschule in die Lehre gegangen und hätte das Abitur nachholen müssen, aber dazu war schließlich die Arbeiter-und-Bauern-Fakultät da, und wenn das auch drei weitere Jahre dauern würde, ich hatte es ja auch hinter mich gebracht und wieviel Tausende noch. Nur, Jakob wollte nicht. Ich hatte zwar nur vorsichtige Andeutungen gemacht – denn wenn du einem sagst, er soll noch mehr lernen, so sagst du ihm ja immerhin, daß er nicht genug weiß, und nicht jeder hört das gern –, aber Jakob, dem es eine Lust zu sein schien, Fragezeichen zu setzen, winkte energisch ab, als die Rede auf Schulbank und Hörsaal kam.

Er war Setzer, und er würde mal seinen Meister machen, und ob das nichts sei. Und außerdem: Was hätte ich gesagt, wieviel Stipendium so ein Student bekomme?

„Willst du mal meine Lohntüte sehen?" Das brauchte ich nicht. Ganz abgesehen davon, daß auch das dickste Stipendium nicht an seinen Leistungslohn herankam, war im Vergleich dazu nicht einmal mein Redakteursgehalt ein so leuchtendes Ziel, daß ich ihn damit auf die Durststrecke eines siebenjährigen Studiums hätte ziehen können.

Mit der materiellen Interessiertheit war es also bei ihm nichts, und ich wußte, als mich der Vorsitzende der Jugendkommission aufforderte, „mal" was zu tun und Jakob auf die Höhen der Wissenschaft zu bringen, daß ich hier vom Hergebrachten zu lassen und zu irgendeinem unerhörten Dreh zu greifen hatte.

Denn was den Setzer vom Studium zurückhielt, hatte in Wahrheit weder mit der Ungeheuerlichkeit von sieben langen Lernjahren noch mit dem leichteren Geldbeutel zu tun – damit auch, natürlich –, weit mehr aber hing es mit dem Fragezeichen auf dem Türschild der Redakteure zusammen, mit dem skeptischen Blick auf Duden und Fremdwörterbuch, auf denen unsereins sich wie auf Krücken durch den Beruf schwingt, und es hing auch zusammen mit der Magie des Wortes Meister. War es vielleicht ein Zufall, daß dieser Titel, den man sich in seinem Beruf durch Fleiß und Findigkeit erwarb, überall dort vergeben wurde, wo Höchstleistungen vorlagen? Sagte man nicht „meisterlich", wenn etwas ganz und gar Lobenswertes zu beschreiben war; sprach man nicht von Meisterschützen und Meisterläufern, und nannten nicht die Künstler gar ihre Besten ganz einfach und feierlich Meister? Aber hatte man vielleicht schon einmal von einem Meisterredakteur gehört? Das doch wohl nicht, eher schon von Chefredakteuren, und das war nun freilich nicht immer ganz dasselbe.

Es fällt mir natürlich nicht ein, zu behaupten, Jakob hätte genau das gedacht, was ich hier aufgeschrieben habe, aber ich bin sicher, daß ich mit meinen Vermutungen nicht ganz und gar danebentraf. Im Grunde war nichts weiter, als daß Jakob sich zum Studium und zu studierten Leuten verhielt, wie es vor vielleicht fünfzehn Jahren für einen Arbeiter völlig natürlich gewesen war, nur, eben vor fünfzehn Jahren.

Mir kam all das, was er vorzubringen hatte, lächerlich bekannt vor, ganz einfach deshalb, weil ich auch einmal so dahergeredet und vor dem Lernen gescheut hatte wie früher vorm Lebertran. Und wenn sie mich dieser Tage vor die Jugendkommission zitieren, so werde ich wissen, daß es sein wird, weil ich das Verfahren, durch das ich geheilt wurde, zehn Jahre später auf Jakob angewendet habe.

Aber der Vorwurf der Kommission wird nicht so lauten. Vielmehr werden die Kollegen mich fragen, was denn in mich gefahren sei, ob ich nicht mehr wisse, in wessen Auftrag und auf wessen Kosten ich studiert habe, woher ich gekommen, was ich selbst und was mein Vater gewesen sei und ob ich nicht auch glaube, daß es ganz gut wäre, wenn ich mal wieder ein bißchen in die Produktion ginge, damit mir der Hochmut vergehe und mir wieder klarwerde, wo das Geld gemacht wird, und auf jeden Fall sollte ich mich was schämen.

So ungefähr wird es sich anhören, und sie werden recht haben und auch wieder nicht. Aber sie werden glauben, sie seien völlig im Recht, und in gerechtem Zorn werden sie mit mir reden und auch in großer Sorge. Während sie mir ins Gewissen reden, werden sie immer vor Augen haben, daß sich gerade einer von ihnen anschickt fortzugehen, dorthin, wo man so werden kann, wie ich es geworden bin, so hochnäsig, so überheblich, so klassenfremd. Dieses Wissen wird sie beredter und zorniger machen, und ich werde anständige Prügel beziehen.

Immer, wenn sie mir eins langen, werden sie sich sagen: Damit der andere nicht auch so wird, müssen wir es diesem hier besonders geben. Denn der andere wird dabeisitzen und sich das alles mit anhören. Der soll gleich einmal mit erleben, wie man Angebern das Fell gerbt, Burschen, die, kaum hat man sie auf die Füße gestellt, ihre Nase nicht mehr aus den Wolken kriegen und sich allen Ernstes für eine besondere Sorte Mensch halten.

Und ich hoffe, der andere wird billigen, was sie sagen, und wird es nicht vergessen. Der andere wird Jakob sein.

Er wird studieren, und er wird es nicht zuletzt tun,

weil ich ihn dazu bewogen habe. Auf eine etwas merkwürdige Art freilich, und das wird schuld daran sein, daß ich Prügel beziehen werde.

Es sei denn, sie geben mir Gelegenheit, meinen Teil der Geschichte zu erzählen. Ich denke schon, daß sie mich erzählen lassen werden, und dann werde ich sagen:

Vor zehn Jahren war ich gerade so alt, wie Jakob heute ist. Ich kam eben aus der Gefangenschaft und kam mir unwahrscheinlich erwachsen vor. Bis zu einem gewissen Grade hatte ich damit sogar recht, denn wir hatten durch Krieg und Lager schon ein gut Teil Vorschuß auf das Leben bekommen.

Aber zu Hause scherte sich niemand darum, wie alt ich mich fühlte; jeden, dem ich nach der Rückkehr in den Weg lief, schien es schrecklich zu drängen, mir zu sagen, ich sei jetzt genau in dem richtigen Alter für alles Mögliche, mit dreiundzwanzig beginne das Leben eigentlich erst, und, o Gott, wenn sie doch noch einmal so jung sein könnten ...

Vor allem waren sie alle darauf aus, mich noch einmal auf die Schule zu schicken, das war damals so ein Zug der Zeit bei uns. Kaum hatte ich angefangen, mich nach Arbeit umzutun, redeten sie auf mich ein, Elektriker sei ja ein ehrenwerter Beruf, aber es wäre einfach meine Schuldigkeit, auf die Universität zu gehen, für mich und meinesgleichen sei sie nun da.

Ich hielt sie alle für Verschwörer gegen meine Freiheit, die mich los sein und auf eine lange Schulbank schieben wollten. Bei mir kamen sie mit so etwas an die falsche Adresse, denn erstens war ich ja nun wirklich viel zu alt für solche Geschichten und wollte erst mal das Leben einholen, das mir auf so vertrackte Weise davongesaust war, und zweitens war mir diese ganze sogenannte Intelligenz, zu der sie mich nun stecken wollten, ohnedies zutiefst zuwider.

Ich hatte diese Burschen in den Lagern doch kennengelernt, so etwas Untüchtiges gab es sicher nicht noch einmal. Meint ihr denn, die hätten sich alleine die Hose flicken können oder gewußt, wie man aus einem Löffelstiel ein Messer macht?

Und wenn es nur das gewesen wäre! Aber ich hatte Studienräte getroffen, die hatten sich wohl während der ganzen vier Jahre nicht den Hals gewaschen, und einen Zahnarzt, der hatte geklaut. Und jetzt sollte ich studieren, nur, damit ich würde wie die? Da bedankte ich mich aber, und wenn es mal so paßt, liebe Leute, dann mache ich meinen Meister, und ist das vielleicht nichts?

Kurz, über Studium war mit mir nicht zu reden, und nach einem Zwischenspiel von ein paar Wochen, in denen ich für den Magistrat Kühe und Schweine zählen ging, wurde ich wieder Elektriker.

Der Meister, bei dem ich einmal gelernt hatte, nahm mich am ersten Tag mit hinauf in seine Wohnung, und nachdem er uns einen schrecklichen Kümmel eingeschenkt hatte, sagte er: „Prost! Hab nicht gedacht, daß du noch mal wiederkommst, ich dachte, du bist auch so verrückt und gehst studieren. Soll mich wundern, wie lange diese Geschichten dauern. Zu so was muß man geboren sein, zwingen läßt sich das nicht. Die werden sich noch das Genick brechen, und dann werden sie die Leute wieder holen, die sie jetzt weggejagt haben! Na, du weißt ja: Schuster, bleib bei deinem Leisten und so, aber du scheinst ja einer von denen zu sein, die wissen, wo sie hingehören, prost!“

Mein erster Kunde war einer von denen, „die sie jetzt

weggejagt haben", der ehemalige Sparkassendirektor. Während ich mich mit seinem Kronleuchter abmühte, marschierte er um den Tisch und rechnete mir haarklein aus, daß „dies hier" nicht mehr lange dauern könne. Er schnaubte etwas von gediegenen Fachleuten und preußischen Beamten, ohne die nichts werden könne, weil sie das Rückgrat von allem seien, und er wollte von mir ausdrücklich bestätigt haben, daß auf die Dauer niemand ohne Rückgrat auskomme. Als ich ging, wußte ich ganz genau, wie der Mechanismus eines Staates funktioniert und warum der unsrige nicht funktionieren konnte. Als nächste stand die Witwe des Druckereibesitzers in meinem Auftragsbuch. Die Frau war ebenso alt wie giftig. Soviel Dreck, sagte sie empört, hätte ihr ein Handwerker früher mal in der Wohnung machen sollen, du lieber Himmel, der Mann hätte sich ja gleich nach was anderem umtun können. Aber jetzt glaubten wir wohl, wir könnten uns das erlauben? Wenn wir uns da nur nicht geschnitten hätten! Drüben hätten sie es wohl auch anfangs versucht, aber ihr Sohn habe ihr gerade gestern geschrieben, das sei jetzt längst im Lot und jeder wisse wieder, wo er hingehöre.

Während sie mir all dies mitteilte, fuhrwerkte sie erbittert und ungeschickt mit einem Handfeger um meine Füße herum.

Am Nachmittag mußte ich zu einem Bauern, den ich vierzehn Tage vorher erwischt hatte, wie er zwei Kälber in den Garten jagte, als ich zum Zählen auf den Hof kam.

Aber er war nicht nachtragend. Er grunzte nur zufrieden, daß also wohl jetzt langsam alles wieder in die Reihe käme und die Elektriker wieder Elektriker würden.

Er schlug mir auf die Schulter und brüllte: „Hast gut dran getan, daß du wieder den Hammer genommen hast; das ist dir doch wohl klar, die anderen, die bei denen noch mitmachen, kommen eines Tages dran, paß auf.“ Der Lehrer hier, sagte er, sei als erster fällig. Lehrer, wenn er das schon höre, als ob er nicht ganz genau wüßte, daß der Bengel vorm Krieg beim Schmied im nächsten Dorf gearbeitet habe, und das werde jetzt auf seine Kinder losgelassen!

Er gab mir ein Stück Wurst mit und den guten Rat, mich nie wieder vom goldenen Boden des Handwerks zu entfernen, dann könnten wir Freunde bleiben.

Es kam mir in diesen Tagen so vor, als bestünde die Kundschaft meines Meisters nur aus Leuten, die nicht begriffen, daß jetzt eine andere Musik geblasen wurde, und langsam dämmerte mir, daß ich es auch noch nicht begriffen hatte. Aber ebendiese Leute schubsten mich in eine Richtung, in die sie mich sicher gar nicht haben wollten, und auf die Dauer kriegten sie mich auch hin.

Man kann einen Karren ziehen oder stoßen. Ich war in diesen Tagen wie ein Karren. Meine Freunde hatten mich zu ziehen versucht, aber sie hatten mich nicht von der Stelle gebracht; die anderen aber stießen mich, und da lief ich ihnen davon.

Ich schrieb eine Bewerbung um einen Studienplatz, denn das wollte ich schließlich mal sehen, ob nicht zu schaffen war, was die geschafft hatten, und ob es nicht ohne die ging.

Wenn die mir rieten, bei meinem Leisten zu bleiben, so saß ich ihnen da sicher nicht im Wege; und wenn sie sich darüber gifteten, daß ein Schmied Lehrer geworden war, dann war es höchste Zeit, daß noch mehr Schmiede Lehrer wurden und ein paar Elektriker dazu.

So war das damals mit mir, und wenn die Dinge bei Jakob heute auch um manches anders lagen, so hatten wir im ganzen doch vieles gemeinsam.

Er wollte offenbar auch eher gestoßen denn gezogen sein; nur, auf die Art, die mich damals in Trab gebracht hatte, ging es nicht mehr. Wenn ich auch bereit war, den heilsamen Bösewicht zu spielen – ich konnte nicht gut in die Haut des abgemusterten Sparkassendirektors von neunzehnneunundvierzig oder in die des fetten Großbauern schlüpfen und dem Setzer etwas von preußischem Beamtentum oder von zum Scheitern verurteilten Neulehrern erzählen, der Junge hätte mich für irre gehalten. Und ebensowenig konnte ich ihn in Bewegung setzen, wenn ich ihm erzählte, daß die Republik – jetzt, in ihrem zehnten Jahr – zusammenbrechen werde, wenn nicht der Setzer Jakob ganz rasch zu den Büchern eile. Das ging alles nicht mehr, das hatte die Geschichte für immer erledigt.

Und doch, auf diese Art mußte es gemacht werden. Und das habe ich getan, weiter nichts. Ich machte mir einen richtigen Plan, ich fing es vorsichtig an und gab es ihm in kleinen Dosen. Andererseits mußte er wiederum so viel von meiner Medizin bekommen, daß es wirkte.

Wenn ich ihm vorher das Studentenleben in leuchtenden Farben ausgemalt hatte, so fing ich nun an, es eher düster zu schildern. Zungenfertig beschrieb ich ihm die Universität als eine äußerst spartanische Anstalt, und ich ließ schon hier hin und wieder durchblicken, daß das Ausharren dort nicht jedermanns Sache sei, und wenn ich nicht irre, so sprach ich bald schon von harten Charakteren und guten Anlagen, deren es da brauche, wenn etwas werden solle.

Ach, sagte ich ein wenig träumerisch, ein bißchen, ein

ganz klein wenig sei schon dran an dem ansonsten reaktionären Gerede von der Elite, ja, gewiß, ein sehr belastetes Wort, aber immerhin, wenn ich genau prüfe, ich hätte es nicht schaffen können, wenn da nicht etwas Besonderes in mir gesteckt hätte, so etwas, man scheute sich ja, das auszusprechen, aber, so etwas von einer Sendung, weißt du? Zunächst hielt Jakob sich recht gut. Immer, wenn wir gemeinsam etwa nach einer passenden Schriftart für einen Titel suchten und ich ihm eine kleine Probe von meinem neuartigen Hochmutsfimmel verabreichte, sah er mich nur kurz von der Seite an und redete dann mit besonderem Eifer weiter von der Sache, die wir uns gerade angelegen sein ließen, so, als wolle er mich meine eigene Dummheit schnell vergessen machen.

Aber ich ließ ihn nicht mehr zur Ruhe kommen; kaum hatte er mit seinem eifernden Fachgespräch die Torheit, die ich ihm eingeredet hatte, aus seinem Gedächtnis gedrängt, beging ich eine neue, noch gröbere. Wieder kam sein Blick herüber, als hätte er plötzlich einen Pickel auf meiner Nase entdeckt, und wieder sprach er dann mit Hingebung davon, daß nur diese und keine anderen Lettern den Geist spiegelten, von dem der fragliche Artikel beseelt war.

Zu fragen wäre natürlich, warum ausgerechnet Jakob, der ja weder auf den Kopf noch auf den Mund gefallen ist, es mir so leicht machte und gar nicht auf den Gedanken zu kommen schien, daß ich ihm etwas vormachte. Immerhin hatte ich bislang diese Töne nicht gesungen. Ich erkläre es mir so: Er nahm mir die Angeberei vielleicht deshalb so ohne weiteres ab, weil er sie eben prinzipiell von mir und meinesgleichen erwartete, sie war gleichsam ein Teil des überholten Verhältnisses zwischen Setzer und Redakteur; Akademiker waren eben Angeber, und wenn mir bis dahin nichts oder wenig davon anzumerken gewesen war, so hatte ich mich eben nur gut gehalten.

Aber was auch immer er gedacht haben mag, er leistete sich zunächst nicht mehr als ein bisher nicht gekanntes Zucken in seinem sommersprossigen Gesicht.

Doch als wir nach diesem Umbruch, den wir unter ziemlich hektischem Gerede hingekriegt hatten, auseinandergingen, sah er mir einigermaßen verwirrt nach.

Aber er war noch nicht reif geschossen, und darum tauchte ich ganz gegen die Gewohnheit schon am nächsten Tag wieder bei ihm auf. Ich erzählte ihm, ich wollte mich unter den herumliegenden Klischees nach etwas Brauchbarem für die nächste Nummer umsehen, und plapperte ihm, während er diesmal mit zusammengebissenen Zähnen an dem Satz auf seinen Schiffen hantierte, arrogantes Zeug in die Ohren. Nachdem ich mich wieder über die heroische Zeit meines Studiums ausgelassen hatte, sah ich mich prüfend in dem großen Setzersaal um, schüttelte den Kopf und sagte dann, nein, ich sähe hier keinen, der das ausgehalten hätte, und ich wüßte auch nicht, was aus der Wissenschaft werden solle bei so einem Stand der Dinge. Dabei deutete ich auf die Setzer, die mich nur deshalb nicht an die Luft beförderten, weil sie mich nicht hören konnten.

Jakob bekam ganz enge Augen, und als er das Schiff mit dem schweren Drucksatz hob, dachte ich schon, er würde mir den bleiernen Artikel über den Kopf hauen, aber er knallte ihn nur auf den zinkbeschlagenen Tisch, so daß ein paar Kollegen neugierig herübersahen.

Da ich merkte, daß es ihm reichte und daß er gleich loslegen würde, klopfte ich ihm eilig und herablassend zugleich auf die Schulter und wandte mich zum Gehen. Ich sagte nur noch resigniert, man müsse sich eben damit abfinden, daß die Generationen verschieden ausfielen, die meine habe nun einmal noch das Zeug gehabt und der Himmel mochte wissen, wann es wieder einmal so einen Glücksfall gäbe. Und bis dahin müßten wir, die Burschen meines Schlages, eben aushalten, denn Begabung fordere auch Verantwortung, und er solle sich ja keine grauen Haare wachsen lassen und in aller Ruhe seinen Meister machen. Ich erreichte die Tür, und seither habe ich Jakob nicht mehr gesehen. Aber ich denke, in den nächsten Tagen werde ich ihn sehen, denn er wird der Jugendkommission schließlich erzählt haben, warum er es plötzlich so eilig mit dem Studium hat.

Und ich sitze derweil in der Redaktion und denke jedesmal, wenn das Telefon klingelt, der Vorsitzende der Kommission ruft an. Ich bin mir meiner Schuld durchaus bewußt.

Gold

Als mein Vater das Gold gefunden hatte, freuten wir uns alle sehr. Er fand so selten Gold. Genauer gesagt, hatte er noch nie welches gefunden. Aber er war immer wieder hinausgefahren, denn er war von jener zähen Gläubigkeit, aus der man Kirchenheilige macht. Nur daß die seine auf Irdisches gerichtet war.

Immer wenn ich von einem großen Manne lese, er habe um seiner Sache willen nicht Ruhe gekannt bei Tag oder Nacht, muß ich denken: Na und? Falls es einen groß macht, daß er schon vom Schweiße dampft, wenn gerade die Sonne aufgeht, und daß er sich auch im Mondlicht immer noch einmal in die Hände spuckt, dann war mein Vater groß.

Je länger ich mich in der Heroengeschichte umtue, um so deutlicher wird mir, daß mein Vater da hineingehört. Stoße ich etwa auf die Wendung „Ihm ist es nicht an der Wiege gesungen worden ..." oder „Der Erfolg fiel ihm nicht in den Schoß", so kann ich nur fragen: Wenn von da die Größe kommt, wie steht es dann um meinen Vater? Hat ihm einer etwas von dem Goldklumpen in die Wiege gesungen, ist ihm das Gold vielleicht in den Schoß gerollt?

Ich hoffe, der Ton, in dem ich die Frage stellte, hat sie erledigt.

Jenen aber, denen es an Feinhörigkeit mangelt, sage ich es ganz deutlich ins Ohr: Der goldene Batzen, den mein Vater schließlich fand, war puren Fleißes Preis.

Er war der Lohn für vielmal hundert Tage voll aufreibender Wachsamkeit, er war der sauer verdiente Fund nach zermürbend langem Wünschelrutengang, er war alles andere als ein Geschenk des Himmels, er war nicht Gabe, sondern Ergebnis.

Und darum freuten wir uns alle so, als mein Vater das Gold gefunden hatte.

Nichts ist niederdrückender als der Gedanke an Sisyphus; nichts ist erhebender als die Geschichte des Kolumbus, oder sagen wir vorsichtiger, als jener kleine Abschnitt der Geschichte des Kolumbus, da die vom Salzwind verklebten Augen des Seepfadsuchers Indien erschauten. Wen schert es heute noch – beinahe hätte ich gesagt: wer weiß heute noch –, daß des Kolumbus Indien gar nicht Indien war; wer, außer einigen Dramatikern, die es immer wieder nach Aufdeckung gelüstet, wollte darauf heute noch herumreiten?

Kolumbus hat Indien gefunden und mein Vater Gold.

Wie ich das bisher Geschriebene überprüfe, erblicke ich den möglichen Ansatzpunkt zu einer Legende: Die Meinung könnte sich bilden, mein Vater habe vom Antritt seiner Reise bis zu ihrem glückhaften Ende (glückhaft in dem Sinne: Jeder ist seines Glückes Schmied) von nichts anderem als von der Hoffnung gelebt.

Es gibt zu viele Mären dieser Art, als daß ich den faden Ehrgeiz haben könnte, ihnen eine weitere hinzuzufügen.

Hoffnung, sage ich daher, Hoffnung kann treiben, spornen, ja peitschen, aber satt macht sie nicht. Satt machten meinen Vater und uns seine gelegentlichen Funde an Blei, Zink, Kupfer und Messing und sein fester Wochenlohn . . .

Niemand, dem es über dem letzten Satz die Augenbrauen hochzieht, braucht sich dessen zu schämen, bestätigt diese Skepsis andeutende Muskelbewegung doch nur, daß es kein sklavisch dem Buchstaben ausgelieferter Worteschlucker, sondern ein idealer und das heißt ein hellwacher Leser von Urteil ist.

Er ist der Mann, mit dem man rechnen muß, wenn man eine Geschichte erzählt, ja eigentlich ist er es allein, dem man sie erzählt. Und wenn man das Gefühl hat, ihm werde eine, die man vortragen wollte, nicht ein einziges Mal die Augenbraue hochtreiben, dann soll man es aufgeben und sich, wenn nicht gleich nach einem anderen Beruf, so doch wenigstens nach einer anderen Geschichte umsehen. Hüten freilich muß sich der Schreiber davor, daß die von ihm so kunstvoll erzielte Skepsis seines Lesers in Unmut umschlage, eine Gefahr, die nicht zuletzt immer dann zwischen den Zeilen lauert, wenn einer vom Erzählen ins Meditieren und Reflektieren verfällt und etwa, um ein Beispiel zu nennen, anstatt unverzüglich zu berichten, wie sein Vater Gold gefunden hat und was dann geschehen ist, belehrend ins Stocken gerät.

Darum sei, was nun einmal gesagt werden muß, in aller Kürze gesagt: Ich neige zu der immer mehr um sich greifenden Auffassung, daß zur Unterhaltung Aufgeschriebenes oder auf Bühnen Vorgeführtes stutzen machen, glauben machen soll, man habe nicht recht gehört oder gesehen. Literatur – und ich bin mir der Unbescheidenheit meiner Wortwahl in diesem Zusammenhang durchaus bewußt –, Literatur muß sich auf den ersten Blick wie ein Druckfehler ausnehmen.

Und nahm sich nicht zumindest das Wort „Wochenlohn“ in jenem in drei Pünktchen auslaufenden Satz, hinter dem sich der Zeigefinger der Theorie erhob, wie ein Druckfehler aus? Hatte man denn in der Geschichte eines Goldsuchers die Erwähnung so ordentlich-langweiliger Dinge wie Wochenlöhne erwarten können? Schickt sich das vielleicht?

Wenn von einem Goldsucher die Rede ist, so will man einen Prospektor in der zitternden Ungewißheit, ob er jemals sein Dorado finden werde, aber will man auch einen, der mit beiden Beinen beruhigend fest auf einer Gehaltsliste steht? Will man einen Kolumbus mit Lohntüte? Ich zweifle sehr.

Schon nicht mehr zweifle ich, ob es ein Leser ohne den heftigsten Augenbrauenruck hinnimmt, wenn geschrieben steht, der Goldsucher habe sein durch festen Sold gesichertes Auskommen zusätzlich durch den Erlös aus gelegentlichen Blei-, Zink-, Kupfer- und Messingfunden aufbessern können. Schließlich hat jeder von uns in der Schule schon gelernt, daß Messing ein Kunstprodukt, eine Legierung ist und nicht in der Natur vorkommt. Und wenn wir es uns auch gefallen lassen, daß uns einer erzählt, ein Schürfer sei auf Thyminaplusquamphosphat gestoßen – wir lassen es uns gefallen, obwohl wir wissen, daß es gar kein Thyminaplusquamphosphat gibt; wir lassen es uns gefallen, weil wir ja für künstlerische Freiheit sind –, bei Messing hören der Spaß und die Freiheit auf. Goldsucher können auf Blei und Kupfer und alles mögliche stoßen, nicht aber auf Messing. Ehe der aufgebrachte Leser ganz das Heft in die Hand nimmt, möchte ich es wieder an mich bringen. Schließlich habe ich ja die Geschichte angefangen und nicht er. In dieser Geschichte bestimme ich. Und ich sage: Er hatte recht, als er die Augenbrauen hochzog, aber nun fängt er an, nicht mehr recht zu haben. Woher weiß er denn, wo mein Vater neben Blei,

Zink, Kupfer – und dem Gold natürlich – Messing gefunden hat? Habe ich etwa gesagt, mein Vater sei in mexikanischen Wüsten oder sibirischen Bergen herumgeirrt? Kein Wort davon. In diese Landstriche ist der Leser abgewandert, kaum daß von Goldsuchen die Rede gewesen ist. Die Phantasie ist mit ihm durchgegangen.

Es handelt sich aber in dieser Geschichte nicht um phantastische Dinge; es handelt sich nur darum, daß mein Vater Gold gefunden hat und daß wir uns alle sehr darüber gefreut haben, weil das doch etwas anderes war als immer nur Blei, Zink und Kupfer und Messing.

Ohne nach Vollständigkeit streben zu wollen, möchte ich doch wenigstens erwähnen, daß mein Vater bei seiner Suche auch nichtmetallische Werte zutage förderte, Holz der verschiedensten Arten zum Beispiel und auch leere Flaschen.

Ich hoffe, daß inzwischen jedermann gewarnt genug ist und nicht versucht, hinsichtlich der Flaschen Zweifel anzumelden. Sollte ein Unbelehrbarer es dennoch tun, so würde ich ihm die These entgegenschleudern: Wo Messing ist, da sind auch leere Flaschen. Ebensogut könnte ich sagen: Wo Messing ist, da sind auch tote Kanarienvögel, verbrannte Krawatten, fabrikneue Stilleben, jahrgangweise gebündelte Kirchenanzeiger, gläserne Augen mit zerkratzten Pupillen, Emailschilder, auf denen „Vor dem Hunde wird gewarnt!!!" steht oder „Hier werden Ohrlöcher gestochen!", und knebellose Wasserhähne. Da diese aber meistens aus Messing sind und die These demnach lauten würde: Wo Messing ist, da ist auch Messing, wollen wir die Wasserhähne wieder streichen. Nur das Gold wollen wir noch hinzufügen, das Gold, das mein Vater dort, wo Messing und all das andere war, gefunden hat, worüber wir uns übrigens alle sehr gefreut haben.

Der Leser, mit dem ich rechnete, als ich diese Geschichte anfing, der intelligente Leser also, wird inzwischen längst wissen, wo mein Vater das Gold gefunden hat, und er wird beleidigt sein, wenn ich das Überflüssige ausspreche. Aber er möge bedenken, daß stets auch ein paar andere mitlesen, solche, denen man immer sagen muß, was man sagen will. Denen sage ich (die anderen können bis zum nächsten Absatz pausieren): Mein Vater ... aber nein, es geht wirklich nicht; ich setze den Fuß wieder nieder, den Fuß, der schon angehoben war zum Schritt hinüber ins platte Land, ins Land der Plattheiten; ich habe mich entschieden, es mit den Kennern zu halten und den Zorn jener nicht zu fürchten, die fortan mit einem weiteren Rätsel werden leben müssen. Doch den letzteren zum Troste sei gesagt, daß der größte Spaß auf dieser Welt von ihren Rätseln herkommt. Wo und was wären wir denn, wenn wir nichts zu raten hätten? Und so will ich denn den längst überfälligen Sinnspruch formulieren: Leben heißt Nüsseknakken. Oder präziser noch: Der Mensch – ein Nußknakker!

Obzwar vertraut mit der meisten Leser Verlangen nach fortschreitender Handlung, nach erzählerischem Sauseschritt durch die Niederungen des Daseins und über seine Höhen hin und obwohl bekannt mit ihrer Abneigung gegenüber Autoren, die sie am Arm packen und mit ihnen gleichsam immer denselben öden Gedankengang auf und nieder rennen, gestatte ich mir doch noch einen wenige Zeilen währenden Aufenthalt: Es ist nicht nur die Rücksicht gegenüber den anderen, die uns schweigen heißt vom Unnötigen, es ist auch Rücksicht auf uns selbst. Wir langweilen uns nicht gerne.

Doch fort nun wieder in den trägen Zug der Erinnerungen.

Mein Vater hatte also zu unser aller Freude Gold gefunden, und obwohl er und wir schließlich jeden Tag damit hatten rechnen müssen, traf es uns doch beinahe unvorbereitet.

Das Gold erwies sich als ein Fund von neuer Qualität. Mit allem anderen war mein Vater kurzhändig fertig geworden; aber diesmal gab es Schwierigkeiten. Dabei hatte er doch wahrhaftig schon Probleme gelöst, von denen ich nicht weiß, ob andere sie so ohne weiteres bemeistert hätten. Nehmen wir nur die Sache mit den beiden Schellenbäumen.

Mein Vater fand einen Schellenbaum. Einen, nicht zwei, obwohl die ankündigende Bemerkung das hatte vermuten lassen müssen. Wenn auch das Erfahrungsmaterial, mit dem ich hier operiere, vergleichsweise spärlich ist, würde ich überhaupt annehmen, daß man nur äußerst selten zwei Schellenbäume findet. Mein Vater fand einen.

Zum Problem reicht einer auch völlig: Was macht man mit einem Schellenbaum?

Mein Vater löste die Frage auf Anhieb. Er rammte das typisch militärische – weil ebenso prächtige wie einfältige – Instrument in ein Erbsenbeet und hatte eine gleich ungewöhnliche wie wirksame Vogelscheuche. Ihre Wirkung beruhte auf dem Ungewöhnlichen. Wenn nämlich die protzig kolorierten Roßschweife des martialischen Instrumentes im Winde wehten, versammelte sich alsbald eine erwartungsfrohe Vogelschar unter ihnen.

Vorwitzige könnten einwenden, dies sei ja nun nicht gerade die Bestimmung einer Scheuche, aber man wird ihnen entgegnen können, daß die Vögel vor lauter nach oben gerichteter Hoffnung gar nicht auf die Idee kamen, sich mit dem Erbsensamen unter ihren Füßen zu befassen, und außerdem ist die Geschichte ja noch nicht zu Ende.

Wenn nämlich so ziemlich alles, was in der näheren Nachbarschaft Flügel hatte, unter den Pferdesymbolen jiepernd beisammen war, griff mein Vater nach Schleuder und Kieselstein und schoß ... nein, natürlich nicht auf die hundert Spatzen, sondern gegen einen der Metallstreifen des in den Schellenbaum eingebauten Xylophons – mit Vorliebe schoß er auf einen, von dem er behauptete, er töne in cis-Moll.

Und ihr mögt mir glauben: die gleichen Vögel, die eben noch darauf gepfiffen hatten, daß den Schweifen zu vollständigen Pferden einiges fehlte – in der Art der auf moderne Bühnenbilder geeichten Theaterbesucher, die ja auch einen in Kreide gemalten Perpendikel für eine ganze Standuhr zu nehmen bereit sind –, die gleichen Vögel erstarrten, sobald der sogenannte cis-Moll-Ton erklang, überlegten offenbar und suchten Roßschwänze und sogenannten cis-Moll-Ton miteinander in Einklang zu bringen, erkannten, daß dies unmöglich sei, und schwirrten davon.

Damals wurde ein künstlerischer Leitsatz geboren, der mich durch mein ganzes Werk begleitet hat: Pferdeschwänze und sogenannte cis-Moll-Töne – bildhaft gesprochen – gehen nicht überein.

Ein anderes Mal fand mein Vater ein zerrissenes Fischernetz. Gewiß, er hätte es flicken und verkaufen können. Aber das hätte sehr viel Zeit gekostet, und die brauchte er ja, um das Gold zu suchen. Mein Vater legte das Fischernetz beiseite in eine der Kisten, in denen schon anderes nicht sogleich Verwendbares ruhte, und holte es erst wieder hervor, als sich der Satz Kirchenglocken angefunden hatte.

Auf den ersten Blick schienen die Kirchenglocken bei uns so deplaciert zu sein wie das Fischernetz, und für sich genommen, waren sie das auch. Es waren zwölf porzellanene Nachbildungen einer jüngst erst in Betrieb genommenen Großglocke; auf ihren Rändern stand in erhabenen Buchstaben: „Höret meine Stimme und erwachet!" geschrieben.

Mein Vater prüfte den Klang aller zwölf Glocken und las zwölfmal den Text „Höret meine Stimme und erwachet!", was meine Mutter ruhiger hingenommen hätte, wenn es nicht beim Abendbrot gewesen wäre. Mein Vater holte das Fischernetz aus der Kiste, knüpfte die zwölf tönernen Schellen darein, stellte zwei Leitern an unseren großen Apfelbaum, der, weil er unmittelbar an der Straße stand, als die Keimzelle des heute so beliebten Selbstbedienungsgedankens angesehen werden kann, und zurrte das Klingelnetz über die Boskopkrone. Als es Abend ward, stellte er einen Golfschläger, den er gelegentlich gefunden hatte, in die Veranda neben seinen Lehnstuhl, der eigentlich ein ausgedienter Friseursessel und meinem Vater irgendwo untergekommen war.

Zur Beschreibung der weiteren Vorkommnisse in dieser Nacht möchte ich mich des Zitats bedienen, eines literarischen Mittels also, das, wie ich kürzlich einem ausgewogenen Vortrag entnehmen konnte, an Legitimität um so mehr gewinnt, als sich diese Welt immer deutlicher als schon ausgesagt herausstellt.

(„Wie wahr!" habe ich an jener Stelle dem Redner zugerufen, und „wie wahr!" wiederhole ich hier, denn wenn etwas am Stande der Dinge auf dieser Erde ins Auge fällt, so ist es ihre Unverrückbarkeit. Das bißchen Mondfahrt und karibische Fidelitas oder ähnliche Bagatellfälle der Historie darf man getrost übersehen, wo es um ästhetische Prinzipien geht.)

In diesem besonderen Falle wurde das, was ich zu berichten habe, bereits von Ludwig van Beethoven und einem zeitgenössischen Musikkritiker anläßlich der Sinfonie Nr. 6 F-Dur, op. 68, der „Pastorale", ausgesagt.

Naturgemäß wird es ohne erläuternde Einschübe meinerseits nicht abgehen, da angenommen werden muß, daß sowohl Beethoven als auch der Kritiker bei Komposition beziehungsweise Interpretation der „Pastorale" Vorgänge im Auge gehabt haben können, die von denen unter unserem schellenbestückten Boskopbaum in Einzelheiten abgewichen sein mögen. Ich beginne:

Mein Vater hatte sich die Lehne seines Friseursessels in den rechten Winkel und die Nackenstütze in die rechte Höhe gestellt und blickte in den nächtlichen Garten. Alles war ruhig. „Keinerlei Störungen und Konflikte trüben die Freude am Erleben der Natur" (Kritiker, im folgenden kurz Kr. genannt). Da aber mein Vater auf anderes aus war als auf Erleben der Natur, blieb er vorerst emotionell unbewegt. Doch als er vorsichtige Schritte auf der Straße hörte, konnte man vom „Erwachen heiterer Empfindungen bei der Ankunft auf dem Lande" (Beethoven, auch weiterhin aus Gründen der Pietät Beethoven genannt) sprechen. Mein Vater vernahm, mit den Worten Kr. s, eine „sanft in gebrochenen Akkorden niederfließende C-Dur-Melodie" und

„im Baß eine markante Gegenstimme", woraus er schloß, daß es ein Pärchen sei, was sich da unserem Anwesen näherte – ein Pärchen, das ich, der praktischen Kürze und auch der dem Zitat verwandten Anspielung wegen, Adam und Eva nennen möchte.

Adam und Eva blieben in Höhe unseres Apfelbaumes stehen und kosten einander, freilich in allen Züchten – „in der Durchführung kommt es nicht zu dramatischen Zuspitzungen, sondern mehr zum schwärmerischen Ausbreiten freudiger Gemütsbewegungen", sagt Kr. Wer von den beiden dann auf die Idee gekommen ist, nach unseren Äpfeln zu greifen, läßt sich nicht mehr feststellen. Sicher ist aber, daß mein Vater den zwölfstimmigen Ruf „Höret meine Stimme und erwachet!" vernahm und in „drei, pausenlos miteinander verbundenen Sätzen" (Kr.) unter Mitnahme des Golfstocks an den Zaun eilte und sich des räuberischen Paares annahm. Beethoven hat den Vorgang etwas schönfärberisch als „lustiges Zusammensein der Landleute" beschrieben, während Kr., schon etwas deutlicher, von einem „leise huschenden Staccatothema mit kecken Vorschlägen", von einem „kraftvollen, männlichen Bauerntanz" spricht und davon, daß eine „Meisterhand mit den einfachsten Mitteln überaus anschaulich das Toben, Blitzen, Donnern eines heftigen, vorüberziehenden Sommergewitters" gestaltet habe.

Kenner natürlicher Verhältnisse werden bemerken, daß sich das Zitat hier gegenüber den tatsächlichen Vorgängen etwas spröde und sperrig verhält; die bisher beobachtete Stimmigkeit geht an dieser Stelle verloren, wenn man bedenkt, daß zur Reifezeit von Boskopäpfeln an Sommergewitter nicht mehr zu denken ist. Doch schon in der nächsten und letzten Phase kommt es erneut zu schöner Kongruenz zwischen Zitat und Geschehen: Während sich die gestraften Diebe davonmachten, setzte sich mein Vater wieder in seinen Friseurstuhl und hatte „frohe und dankbare Gefühle nach dem Sturm" (Beethoven). Dann schlief er ein.

Soweit die Sache mit den beiden Schellenbäumen, über die nur berichtet wurde, um zu beweisen, daß mein Vater sich im allgemeinen zu helfen wußte, wenn er bei seiner Suche nach dem Eigentlichen, dem Gold natürlich, auf Dinge stieß, von denen andere gemeint hätten, sie würden sich nicht ohne weiteres in ein gewöhnliches Dasein fügen lassen.

Nun höre ich schon den Einwand, mein Vater hätte der Obstmauserei auch mit weniger bizarren Methoden, mit konventionellen Mitteln steuern können; ein Hund etwa hätte denselben Dienst getan. Wer so spricht, zeigt nur an, wie wenig er doch von meinem Vater weiß und daß er ihm auf sein Wesentliches noch nicht gekommen ist, darauf nämlich, daß er ein Künstler war, und zwar einer von jener absonderlichen Art, der es um das Wie mehr zu tun ist als um das Was.

Damit keine Mißverständnisse aufkommen: Er war natürlich nicht so albern, sich, bevor er eine Fahrt antrat, den Rucksack voll Steine zu packen, damit er auch ja etwas hätte, was er sich in den Weg legen könnte, ja ich glaube, er hätte das Gold, das er nach so vielen Mühen schließlich gefunden hat, allenfalls auch genommen, wenn man es ihm ins Haus gebracht hätte, aber – und das ist es, worauf ich hinauswollte, als ich von seinem Künstlertum sprach – Spaß hätte es ihm nicht gemacht.

Nehmen Sie nur, wenn Ihnen die Schilderung der Mühsal, welche dem Goldfund vorausgesetzt war, oder wenn Ihnen die Geschichte der beiden Schellenbäume nicht genügt, die Sache mit der gestohlenen Ziege, die besser als alle anderen Geschehnisse die Frage beantworten hilft, warum meines Vaters Weg mit eiserner Logik an die Lagerstätte des kostbaren Metalles führen mußte.

Die Ziege genoß in unserem Haushalt insofern eine Sonderstellung, als mein Vater sie nicht gefunden, sondern rechtens erworben hatte. Ohne einer gewissen, fast anrüchigen Theorie das Wort leihen zu wollen, muß ich doch bekunden, daß es mir heute, da die Zeit einen weiten Abstand zwischen mich und die Ziege gelegt hat, leichter fällt, ohne Zorn von dieser Kreatur zu sprechen. Damals haßte ich sie, denn ich mochte keine Ziegenbutter, war aber dessenungeachtet gehalten, sie nicht nur zu essen, sondern auch herzustellen.

Ich will niemanden mit einer detaillierten Schilderung der Technologie des Herstellungsprozesses langweilen – obwohl ich nicht einzusehen vermag, warum der Ziegenbutter nicht recht sein sollte, was Edelstahl oder Eiergraupen billig zu sein scheint –, ich will nur die notwendigen Voraussetzungen zum Verständnis der Situation schaffen. Die Ziegenbutter kostete kaum mehr als meine Zeit und Kraft; sie stellte sich also, da ich noch ein unmündiger Knabe war, äußerst billig. Freilich setzte ihre Gewinnung Geduld und intime Kenntnis gewisser Naturgesetze voraus. Eines dieser Gesetze lautet: Fett schwimmt oben.

Einmal im Besitz des Geheimnisses, war es mir ein leichtes, den Rahm von der in irdenen, mit einem in Blau gehaltenen Zwiebelmuster bemalten Satten aufbewahrten Milch abzuschöpfen. Ich versammelte ihn in einem einer kleinen, schmalen, hölzernen Tonne ähnlichen Behältnis, dessen lichte Höhe ungefähr fünfundvierzig Zentimeter betrug und durch dessen dicht schließenden Deckel eine Art Besenstiel mit schöner Maserung geführt war, an dessen unterem Ende sich eine durchlöcherte Holzscheibe von der Größe eines handelsüblichen Frühstückstellers befand. Bewegte ich nun mit Hilfe des Stiels die Scheibe durch den Rahm und tat ich es lange genug und tat ich es in einem bestimmten Rhythmus, der sich herstellte, wenn ich ein Lied mit dem die Schönheit des Werkens sinnfällig machenden Text „Oh, was klötert das / in mein' Butterfaß!" absang, so bildete sich nach schrecklich langer Zeit und auf unerklärliche Weise, immer synchron mit schmerzenden Blasen an meinen Händen, im Fasse Ziegenbutter. Ein weiteres Mal war dann bestätigt worden, daß Materie nie verschwindet, sondern nur in gewandelten Formen wiederkehrt.

Hierzu noch eine Anmerkung für solche, die in die Gesetzmäßigkeiten der Natur weniger tief eingedrungen sind als ich und denen rasch aus dem Sumpf der Unwissenheit herausgeholfen werden muß: Auch Energie ist nichts weiter als eine der Spielformen der Materie. Über den bewegten Butterfaßschwengel führte ich meine Energie der Sahne zu, die daraufhin zu Butter ward, von der ich mich dann nährte, um zu neuen Kräften zu kommen, die ich wiederum benötigte, um weitere Butter herstellen zu können. Aber es dünkt mich fast, ich sei hier zu einem Abschweif im Begriffe und entfernte mich allzuweit vom güldenen Kern meines Berichtes, also von der Tatsache, daß mein Vater zu unser aller Erleichterung und Freude eines sonnigen Tages Gold gefunden hat. Bevor aber dies geschah, ward uns die Ziege gestohlen.

Wir hätten es leichter zu tragen gewußt, wäre eine Ahnung in uns gewesen, wie nahe schon mein Vater seinem Ziele war. Wir hatten aber diese Ahnung nicht, und so waren wir bestürzt. Selbst ich, obwohl ich das Vieh haßte. So widersprüchlich kann das Leben sein.

Eine Woche vor dem Diebstahl hatte mein Vater sich die Hand verstaucht. Das war zwar weit weniger schlimm als ein Augenschaden, der die Goldsuche sehr erschwert hätte, aber immerhin setzte es meinen Vater außerstande, die Ziege zu melken. Da sich diese nun mit meiner Mutter überhaupt nicht vertrug, erklärte sich ein Arbeitskollege meines Vaters, ein gewisser Cornelius Bein, bereit, zweimal täglich der Ziege Zitzen zu ziehen.

Cornelius Bein handelte selbstlos. Außer einem kräftigen Frühstück vor dem Morgenmelken und einem herzhaften Imbiß nach dem abendlichen Euterzerren nahm er keinerlei Entlohnung an. Die Minuten auf dem Melkschemel, so sagte er, seien schmerzhaft rare Augenblicke der Zwiesprache mit dem großen Pan, brächten ihn in ein süß-quälendes Du-auf-du-Verhältnis mit dem Allwebenden, und wonach weiter solle ihn da noch verlangen?

Nun, eines Tages verlangte ihn nach unserer Ziege, und er klaute sie. Wäre ich auf eine Kriminalgeschichte aus, so hätte ich mit diesem Bescheid die Pointe verschossen; da ich aber vom Künstlertum meines Vaters sagen will, räumte ich mit meiner Enthüllung nur ein irritierendes Fragezeichen aus dem epischen Flusse, der uns weiter tragen soll als in das Röhricht eines stümperhaften Eigentumsdeliktes.

Kurzum, die Ziege fand sich eines Abends nicht mehr an jener Stelle, an der sie am Morgen angepflockt worden war, und als ich statt mit der Ziege an der Kette mit einer Kette ohne Ziege nach Hause kam, verlangte meine Mutter sofort nach einem Kriminalkommissar, aber mein Vater wollte davon nichts hören. Sie würden höchstens einen Wachtmeister schicken, sagte er, und die fänden bei Leuten wie uns nur Sachen, nach denen zu suchen man sie gar nicht gebeten habe. Darauf komponierte meine Mutter eine Annonce: „Die Person, welche eine Ziege, weiß, auf rechter Seite braune Fleckenmusterung in Form des Malaiischen Archipels, entwendet hat, ist erkannt und wird gebeten ..." Mein Vater verwarf auch diesen Vorschlag, aber die Erwähnung der fernöstlichen Inselgruppe auf der rechten Flanke unserer Ziege erleuchtete ihn. Er sagte, wir alle hätten in der nächsten Stunde strengstes Stillschweigen über unseren Verlust zu wahren, er selbst müsse rasch noch einmal fort, werde aber bis zum Eintreffen von Cornelius, der heute nachmittag zum Zahnarzt gegangen sei und deshalb eine Stunde später als gewöhnlich komme, wieder dasein. Wir sollten uns verhalten, als sei rein gar nichts geschehen.

Mein Vater war nach kurzer Zeit zurück und hatte im Stall zu tun. Einmal war mir, als hörte ich schmerzlich-protestierendes Aufmeckern einer Ziege, aber wie konnte denn das sein?

Wenn ich an Cornelius Bein dachte, wurde mir ganz wehe. Den würde der Raub viel stärker treffen als mich, denn schließlich war das Tier für ihn die Kontaktperson zu Pan, dem Allwebenden, gewesen, und wie herzlich doch hatte er sich immer freuen können, wenn er uns anhand der Flecken auf den Ziegenrippen die Lage der Molukken sowie Flora und Fauna der Großen und Kleinen Sundainseln erläutern konnte. Gerade gestern noch hatte er meinem Vater gesagt, die Ziege müsse sich gestoßen haben, denn als er mit der Hand in die Südwestecke von Sumatra geraten sei, habe sie schmerzlich aufgemeckert.

Cornelius Bein winkte verächtlich ab, als ich ihn fragte, ob ihm der Zahnarzt weh getan habe, und ging nach hinten zum Stall. Ich überlegte noch, ob ich ihn nicht doch schonend vorbereiten sollte, da trat er bereits in die Tür. Und dort blieb er stehen, bewegungslos zunächst und dann ein wenig zitternd.

Jetzt sieht er es, dachte ich, und wie ich so seine im Erschrecken hochgezogenen Schultern sah, reute mich meine Folgsamkeit gegenüber meines Vaters Gebot.

Ich hörte meinen Vater sagen: „Wieviel Zähne haben sie dir denn gezogen? Hast ja eine Farbe wie Ziegenmilch!" Und Cornelius hörte ich irgend etwas murmeln.

Dann ging er mit hölzernen Schritten in den Stall.

Ich sah, was auch er gesehen hatte: unsere Ziege. Sie fraß gelassen Rübenschnitzel und kehrte uns die rechte Seite zu, die mit dem Malaiischen Archipel.

Just als ich meinen Vater um eine Erklärung dieses frappierenden Sachverhaltes angehen wollte, bremste er mich mit einem seiner berühmten Blicke, die mehr als alles andere an ihm Hinweis auf Größe waren.

Cornelius Bein brauchte sehr lange, bis er auf seinem Schemel richtig saß, und er griff ein paarmal an dem Melkeimer, den mein Vater ihm hinhielt, vorbei. Er stöhnte tief, ehe er den ersten Euterzug tat, und der Milchstrahl fuhr ins Stroh.

„Ist was?" fragte mein Vater, aber Cornelius knirschte nur mit den Zähnen und molk. Dann hielt er jäh inne, beugte sich zum Euter der Ziege hinunter, richtete sich wieder auf und betrachtete das Tier mit den Blicken eines, der sieht, was er bis dahin zu sehen für unmöglich gehalten hat.

Mein Vater sagte: „Sieh doch mal nach, was die Prellung macht."

Cornelius Bein nickte eifrig, als habe man ihm geraten, sich rasch in den Arm zu zwicken. Er zielte mit ausgestrecktem Zeigefinger genau auf die Südwestecke von Sumatra und stieß vorsichtig zu. Die Ziege schrie ach und weh. Und Cornelius Bein war geständig. Detailliert schilderte er Planung und Ausführung der Tat, Motiv und Fluchtweg und vor allem den Verbringungsort der Beute. „Alles war so schön ausbaldowert", sagte er, „aber gegen Wunder kann ich auch nicht an!"

Mein Vater streckte die Arme aus – und ich muß heute sagen, hier übertrieb er etwas – und befahl Cornelius Bein: „Nun wandle hin, wo du das unrecht Gut angekettet hast, und treibe es wieder hieher in seinen heimischen Pferch!"

Cornelius Bein setzte angesichts der Ziege vor ihm zu einer fragenden Geste an, erinnerte sich aber rechtzeitig, daß man nicht fragt, wo Wunder geschehen, und wankte, halb gebrochen und halb erhöht, davon.

Bevor er mit unserer richtigen Ziege wiederkehrte, hatte mein Vater die falsche, die geliehene, mit Hilfe warmen Wassers vom Malaiischen Archipel befreit und sie zu unseren hilfsbereiten, wenn auch verständnislosen Nachbarn zurückgeschafft. Und ich kann bezeugen: Er hat sich alle Mühe gegeben, dem Tier zu erklären, warum er ihm im Interesse der Aufrechterhaltung von Sitte und Tugend einen talergroßen Flecken auf der rechten Flanke wundzuscheuern nicht umhingekonnt hatte.

Obzwar ich annehmen darf, daß niemand den aufklärerischen Zug, der dieser Episode innewohnt, übersehen haben wird – findige Kritiker werden ihn mit der Überschrift „So werden Wunder gemacht!" gebührend herausheben –, will ich allem Obskurantismus einen weiteren Schlag versetzen, indem ich noch mitteile, daß die Geschehnisse in unserem Ziegenstall der Heilsarmee den Stoff für ihre heute noch werbewirksame „Ballade vom Mirakel des Cornelius oder Wie ein Dieb bekehret ward" geliefert haben – einen listig-verdunkelnden Singsang, in dem der führenden Rolle meines Vaters und seines Künstlertums nicht einmal Erwähnung getan ist.

Beglückt erkenne ich, daß mir mit dieser Randbemerkung der Faden wieder in die Hand geriet, der mir wohl doch um ein weniges zu entgleiten drohte, und zwar von jenem Augenblicke an, da das Stichwort Kunst gefallen war. Und das ist kein Zufall. Denn wie Kunst nichts anderes ist als disziplinierte Ausschweifung, so verführt auch das Nachdenken über sie, ja ihre bloße Erwähnung, zu gedanklichen Ausritten weitab von den Bahnen des Her- und auch des Zukömmlichen, und Zügel und Trense sind hier nötiger als Peitsche und Sporn.

Ausübende der Kunst wie ihre kritischen Begleiter sind daher immer dann am besten dran, wenn sie, schlicht gesagt, bei der Sache bleiben. Die Sache meines Vaters war es, Gold zu suchen, und die meine ist es, davon zu berichten. Ziegen- und Apfeldiebe, Apfel- und Schellenbäume können erwähnt werden, aber sie dürfen uns nicht den Blick verstellen. Sie müssen bleiben, was sie sind, Nebendinge.

So will ich denn nunmehr ohne nochmaliges Zögern mit raschen, aber zutreffenden Worten schildern, was sich an jenem Tag begab, an dem mein Vater das Gold gefunden hatte. Mich deucht, ich hätte bereits erwähnt, daß wir uns damals alle sehr gefreut haben, aber mir ist, als hätte ich noch nicht gesagt, wer denn das war: wir alle. Zuöberst handelte es sich um meine Mutter, meine Geschwister und mich. Aber auch unter den Nachbarn waren viele, die von Herzen Anteil nahmen an unserem Glück. So vor allem Frau Mylamm, in deren eigenem Leben nie etwas von Erhöhung gewesen war, so daß ihr keiner hätte verargen dürfen, wäre sie ob meines Vaters Fund fortan neidgrünen Gesichtes herumgelaufen. Oh, war die vom Schicksal gebeutelt worden!

Niemand, dem es Beruf ist, sich und andere zu unterhalten, indem er der Menschen Lebensläufte aufspürt, die Ergebnisse seiner Explorationen in Worte faßt und zu Papier bringt, niemand dieser Art kann sich der Versuchung entziehen, welche ausgeht von einem Satze wie: „Oh, war die vom Schicksal gebeutelt worden!“

Das steht da wie eine dunkelhaarige Schöne mit verschränkten Armen; es ist gleichsam ein Satz auf hohen schlanken Beinen, mit kunstvoll verdrehten Hüften und mit einer Brust, die alles von einem Magneten hat, außer daß sie aus Eisen ist. Daran kommt man nicht vorbei.

Die Entschuldigung ist da, und wenn nicht das, so doch wenigstens die Begründung, und die wird meinem Gewissen ein Maulkorb sein, wenn ich nun wider alle Vorsätze rasch noch von Frau Mylamm erzähle, bevor ich den Fundbericht voran- und ins Ziel treibe. Aber vielleicht ist es ökonomischer, wenn ich Frau Mylamm selbst das Wort lasse. Sie hat die tragischen Begebnisse ihres Lebens so oft vorgetragen, daß ihr die Beschreibungen der einzelnen Vorfälle wie rundgeschliffene Kieselsteine vom Munde gehen; sie weiß am besten, worauf es ankommt und worauf nicht, und wer auf anekdotische Verknappung aus ist, könnte bei ihr in die Schule gehen.

Frau Mylamm war – soviel muß ich doch noch vorausschicken – zu jener Zeit, da ich sie das Folgende sagen hörte – es wird wenige Tage vor dem Goldfund meines Vaters gewesen sein, präziser kann ich es nicht angeben, denn naturgemäß hat der kolumbinische Triumph meines Vaters alles Vorangegangene ein wenig verdunkelt und der Relevanz entfernt –, Frau Mylamm war damals ein verhärmtes Wesen um die Fünfzig herum. Im allgemeinen war sie wortkarg, aber zwei Wörter konnten sie geradezu hektisch beredet machen. Es waren dies die Wörter Entschlossenheit und Unentschlossenheit. Welches von beiden auch fallen mochte und in welchem Zusammenhange immer, Frau Mylamm griff es auf und schnipste es verächtlich fort, indem sie sagte:

„Davon halt ich nichts gar nichts. Entschlossenheit ist quatsch und unentschlossenheit ist quatsch und ich weiß was ich sag. Unentschlossenheit kann einen um was bringen was man gerne haben möchte und entschlossenheit kann einem was einbringen was man gar nicht haben möchte. Unentschlossenheit kann einen umbringen und entschlossenheit kann einen auch umbringen. Nehmen sie mich ich hatte es immer mit der entschlossenheit und dann kam einer der hatte es mit der unentschlossenheit und darum konnte nichts werden mit uns beiden. Denn eines tages kam diese lokomotive. Dadurch ist dann alles kaputtgegangen weil wir in dem bus gesessen haben und er so unentschlossen war. Als nämlich die lokomotive ankam war alles vorbei und was dabei durch die entschlossenheit herauskam taugte erst recht nichts. Und dabei hab ich den menschen so geliebt und wenn er nicht so unentschlossen gewesen wäre könnten wir noch heute glücklich sein womit ich aber nicht sagen will daß man durch entschlossenheit glücklich werden muß. Ich werd mich hüten so was zu behaupten das wär wohl das letzte. Denn der mensch den ich meine war das entschlossenste an unentschlossenheit was mir über den weg gekommen ist und wenn uns nicht damals als wir in dem omnibus saßen die lokomotive über den weg gekommen wäre dann hätte ich mir vielleicht nie die gedanken über entschlossenheit und unentschlossenheit gemacht die ich mir heute mach und die mich dazu geführt haben zu sagen daß entschlossenheit ebensowenig taugt wie unentschlossenheit. Der mensch den ich so geliebt habe und der mich auch geliebt hat dafür habe ich beweise war so unentschlossen daß er sich nicht entschließen konnte mir zu sagen daß er mich liebt was er mir nicht erst hätte sagen müssen damit ich bescheid wüßte was er mir aber doch hätte sagen müssen damit ich ihm hätte sagen können daß ich ihn auch liebe. Die lokomotive hat ihm dann heimgezahlt für seine unentschlossenheit und mir hat sie heimgezahlt indem sie mich an die entschlossenheit ausgeliefert hat. Er der mensch den ich so geliebt habe hatte mir ja auch schon andere beispiele für seine unentschlossenheit vorgeführt wodurch es unter anderem nie dazu gekommen ist daß wir miteinander getanzt haben denn ehe er sich entschließen konnte hatten sich immer schon andere entschlossen aber durch die lokomotive die ankam während wir in dem bus saßen ist dann mit allem schluß gewesen. Denn der bus stand auf den schienen und rührte sich nicht aber die lokomotive rührte sich mächtig und zwar gerade auf uns zu. Die andern in dem omnibus waren nicht so unentschlossen wie der mensch den ich so geliebt habe und sie sprangen alle entschlossen aus dem bus ehe die lokomotive zu dicht ran war aber dieser mensch mit seiner unentschlossenheit stand an der tür während die lokomotive heranraste und konnte sich nicht entschließen rauszuspringen weil ich noch hinter ihm war aber er konnte sich auch nicht entschließen mir den vortritt zu lassen. Natürlich war es längst zu spät als er sich entschlossen hatte mit seiner unentschlossenheit schluß zu machen und mir den vortritt zu lassen denn ich hatte ihn mir einfach und sehr kurz entschlossen das kann ich ihnen sagen genommen als die lokomotive schon so nahe an den omnibus ran war wie sie jetzt an mich. Und der mensch den ich so geliebt habe ist in dem omnibus geblieben wodurch denn die geschichte zwischen uns die wegen seiner blöden unentschlossenheit nie richtig angefangen hatte ein für allemal zu ende war was mich zu meinem urteil über die unentschlossenheit gebracht hat. Wenn sie aber denken dieser mensch den ich so geliebt habe hätte sich entschließen können aus seiner unentschlossenheit einen schluß zu ziehen dann haben sie immer noch nicht begriffen wie unentschlossen dieser mensch war. Auch als wir alle wieder zu ihm in den omnibus gestiegen sind hat er sich nicht entschließen können ein wort über seine liebe zu sagen obwohl doch ein wort schon genügt hätte entschlossen wie ich in meinen gefühlen war. Der bus ist dann weitergefahren was er konnte weil die lokomotive ganz kurz vor ihm angehalten hatte und ich hab mich vierzehn tage später nach raschem entschluß verheiratet und zwar wie sie sich denken können mit dem lokomotivführer weil der so entschlossen gewesen war und nun brauche ich ihnen sicher nicht mehr zu sagen warum ich auch von der entschlossenheit nichts halte. Sie kennen ja wohl meinen mann."

Ich habe das von Frau Mylamm Gehörte so rasch und fließend aufzuschreiben vermocht, und es ist mir so glatt von der Hand gegangen, daß nunmehr der Zweifel in mir rast, ob es denn heutzutage noch angängig sei, anders zu schreiben, als Frau Mylamm zu sprechen pflegt. Der Hauch der Moderne hat mich angerührt, und die Unschuld, in der ich meine Sätze zu prägen, meine Worte zu wählen und meine Zeichen zu setzen pflegte, ist verletzt, wenn nicht dahin. Kann denn ein Schreiber noch als ein heutiger zu gelten Anspruch erheben, wenn er nicht schreibt, wie man gestern, ganz weit gestern, schrieb? Ist man von dieser Welt, wenn man sich ihrer Regeln bedient? Muß man nicht für hoffnungslos zurückgeblieben gelten, wenn man nicht im engen Vokabelzirkel der Urväter im linnenen Kittel bleibt und in ihrer Wortarmut die wahre Tugend erblickt? Und begräbt sich nicht, bevor er geboren ward, wer auf eine Sache schwört und sie lobpreiset, anstatt zu sagen: Dies ist nichts und das auch nichts, Entschlossenheit wie Unentschlossenheit etwa, oder was weiter da an altväterischen Begriffen sein mag? Ich, der ich mich hinsetzte und voller Naivität niederschrieb: „Als mein Vater das Gold gefunden hatte, freuten wir uns alle sehr", ich, der ich eben noch Schellenbäume dieser oder jener Art für erwähnenswert gehalten habe, ich, der ich auf Aufklärung zielte, als ich von einem Ziegendiebstahle und seinem Drumherum erzählte, ich, der ich rühren wollte, indem ich von meines Vaters Mühen sprach, ich, der ich drauf und dran gewesen bin, etwas so Archaisches wie einen Roman zu schreiben, ich bin verstört. Und ich will mich niedersetzen und versuchen, das Gold zu vergessen und auch unser aller Freude, und ich will mich mühen, eine andere, eine höchst neuartige Geschichte zu ersinnen, eine ohne allzu viele Wörter, ohne Moral, ohne Kommata und klein geschrieben. Und nun zum Abschied will ich, wie einen silbrig-blauen Fetzen der Erinnerung, den einen Satz noch einmal schwingen lassen: „Als mein Vater das Gold gefunden hatte, freuten wir uns alle sehr."

Inhalt